Volker König

Pier Runners

Novelle

Die deutsche Bibliothek verzeichnet diese Publikation in der Deutschen Nationalbibliografie; detaillierte bibliografische Daten sind im Internet über http://dnb.ddb.de abrufbar.

1. Auflage Essen 2023
© 2023 Volker König
Kämmereihude 14, 45326 Essen
Grafikvorlage: Pixabay
Buchgestaltung: Volker König
Druck und Bindung:
epubli – ein Service der neopubli GmbH, Berlin

Wenn die Menschen nur über
das sprächen, was sie begreifen,
dann würde es sehr still
auf der Welt sein.

Albert Einstein

Quant Eins

Am Landgang habe ich mich diesmal nicht beteiligt. Empfehlungen anderer Reisenden halten ohnehin nicht das, was man dann tatsächlich vorfindet. Wie geheim ist ein Tipp aus einem Reiseführer? Die tropische Hitze hätte mir heute auch den Rest gegeben. Ich bin schließlich nicht mehr jung. Und so bin ich in meiner kleinen, schwankenden, aber klimatisierten Kabine der *Especially now* bestens aufgehoben.

Das Schiff ist zwar alt und abgeblättert, aber das stellt seine Seetüchtigkeit nicht in Frage, wie der Sturm vor ein paar Tagen bewiesen hat. Es wird also nicht untergehen. Der globale Krieg wäre schon eher ein Grund für seinen Untergang. Doch zum einen kreuzt die *Especially now* in halbwegs befriedeten Gewässern, zum anderen haben sich die Mächtigen dieser Welt einmal mehr auf eine zweimonatige Feuerpause geeinigt. Nur deshalb findet diese komplett KI-freie Kreuzfahrt für einige der Reichsten überhaupt statt. Es wird noch weitere Landgänge geben, und ich werde mich erst wieder an einem beteiligen, wenn sich die Gegend merklich verändert hat und ich eine nette oder coole Begleitung gefunden habe.

Am frühen Nachmittag aber will ich mir die Beine vertreten und begebe mich auf das Promenadendeck. Von hier aus kann ich den Hafen der Insel überblicken.

Nach und nach kehren die Landgänger zurück. Nach und nach gesellen sich weitere Passagiere zu mir an die

Reling. Freundschaften habe ich noch keine geschlossen. Gelegentlich nicke ich Leuten zu, die ich an der Bar oder im Speisesaal gesehen habe. Niemand will sich aufdrängen. Jeder hat hier eine Stange Geld gezahlt und sucht sich seine Gesellschaft zum Zeitvertreib sorgfältig aus.

Ein paar Schritte von mir entfernt steht Henry mit einem lustigen Schirmchen im Drink. Er war mir gestern beim Shuffleboard weniger durch seine besonderen Fähigkeiten in dem Spiel – denn die hat er nicht – als durch seine geschwätzig schneidende Stimme aufgefallen. Möglicherweise fühlte er sich durch die Gesellschaft einiger Damen angetrieben oder sogar herausgefordert, besonders aber durch die einer bestimmten Dame, die über jeden seiner noch so schlechten Witze in helles Lachen ausbrach. Henry bemühte sich, sie beständig am Lachen zu halten und verzögerte das Spiel dermaßen, dass einige Teilnehmer die Segel strichen. Heute scheint sich seine Redseligkeit gelegt zu haben, es sind ja auch keine geeigneten Damen weit und breit. Auf seinem Hemd klebt unter dem aufgestickten Emblem seiner Firma noch immer das inzwischen zerknitterte Namensschild, das sich jeder für das Spiel angeheftet hatte. Nicht nur deshalb weiß ich, dass er Henry heißt. Er ist der Reichste von allen und darum jedem bekannt. In einem Interview verriet er kürzlich, dass ihn die Hunderte Milliarden über seine ersten 13,8 Milliarden hinaus nicht interessieren.

Ich deute auf das Schild, das er mit arrogantem Dankeslächeln entfernt, zwischen den Fingerkuppen zusammenknüllt und über Bord wirft. Gelangweilt schaut er ihm hinterher, wie es tief unten über die Pier rollt. Dort verschwinden die letzten Rückkehrer im Bauch des Schiffes.

Mich wundert immer wieder, wie ähnlich sie gekleidet sind. Nach ihrem Ausflug wirken alle auch gleichermaßen abgekämpft. Bestimmt haben sie sich stundenlang der Angebote in den engen Gassen erwehrt. Ihre Hoffnung auf Schonung durch gelegentlichen Kauf von Tinnef war natürlich unbegründet. Meist potenzieren die Händler dann ihre Anstrengungen. Umso mehr freundliche Energie braucht es, um sie loszuwerden. Mitleid habe ich nicht mit ihnen.

Gleich wird die Gangway eingezogen. Ein paar Arbeiter lösen bereits Vertäuungen, als mehrere weiß gekleidete Matrosen erscheinen. Sie blättern in Listen auf Klemmbrettern. Wegen Chipmangels werden Digitalversionen nicht mehr hergestellt. Man berät sich, man findet nur eine Lösung. Ich ahne, was das bedeutet. Jemand wird vermisst, hat es bisher nicht zurückgeschafft. So etwas kommt recht selten vor und würzt darum solche Reisen. Alle, die sich an der Reling versammelt haben, verfolgen jetzt nicht nur das Ablegen des Schiffes, sie wollen wissen, wie knapp und dramatisch die Sache werden wird. Es wird Pier Runners geben!

Ein Elektrofahrzeug, ähnlich einem Golfmobil, das genau dafür etwas abseits gewartet hat, startet jaulend. Einer der Offiziere schaut wieder und wieder auf seine Armbanduhr. Die Abfahrt steht unmittelbar bevor. In der Ferne biegt das Golfmobil in die Gassen der Hafenstadt ein. Noch zwei Mal blickt der Offizier auf seine Uhr, dann gibt er den anderen ein Zeichen und bellt in sein Funkgerät. Er zieht mit seinen Leuten ins Schiff, die Arbeiter ziehen die Gangway ein. Alle Leinen sind los. Die Leute auf den Decks rufen und johlen und kreischen. Die

Geräuschkulisse schwillt weiter an, als sich das Schiff von der Pier entfernt. Noch würde ein großer Schritt genügen, um an Bord zu gelangen. Sekunden später muss es schon ein beherzter, gewaltiger Satz über das brodelnde Wasser zwischen Pier und Bordwand sein. Jetzt explodieren die Rufe. Man hat das Golfmobil entdeckt, wie es weit hinten an der Pier in der Kurve liegt. Die Innenräder heben vom Boden ab. Ohrenbetäubender Lärm. Alle haben ihre Handys gezückt. Das wollen sie nicht nur sehen, das müssen sie posten.

Das Golfmobil kommt auf Höhe des Schiffs zum Stehen. Eine Frau springt heraus und rennt auf das Schiff zu, das bereits unerreichbar weit vom Ufer entfernt treibt. Sie rennt sogar ein paar Schritte neben dem Schiff her, winkt albern und ruft, bis ihr die Aussichtslosigkeit bewusst wird. Ich kann ihr Gesicht von hier oben wegen ihres breitkrempigen Hutes nicht erkennen. Wir sind jetzt auch schon zu weit weg, aber ich sehe, wie schlagartig jegliche Spannung ihren Körper verlässt. Kopf und Schultern fallen nach vorne, die Knie geben nach, und sie sinkt zu Boden. Ihr Klagen geht im beruhigenden Blubbern der Schiffsdiesel unter. In den Gesichtern der Gaffer an Bord spiegelt sich eine Mischung aus Mitleid, Hoffnung und Schadenfreude. Der Fahrer des Golfmobils steht hilflos neben ihr. Er ist Angestellter des Hafens und hat sein Bestes für die Kreuzfahrtgesellschaft gegeben.

Etwas zerspringt. Henrys Glas liegt am Boden verstreut. Seine Hände sind in die Reling gekrallt. Dann löst er sich davon, schaut fahrig mit einem seltsamen Glitzern in den Augen umher, entscheidet sich für den Weg links von mir und eilt auf den nächsten Eingang ins Schiff zu.

Was dann geschehen sein muss, erfahre ich später beim Abendessen. Der Kapitän posaunt es lauthals an seinem Tisch heraus. Bis dahin habe ich nicht einmal bemerkt, dass Henry nicht am Essen teilnimmt. So aber kann ich kurz zusammenfassen, dass Henry, unmittelbar nachdem er mich verlassen hatte, hinauf zur Brücke gestürmt war, auf seinem Weg dorthin noch irgendeinen Gegenstand, der, wie der Kapitän konstatiert, zum Koppkloppen geeignet war, eingesammelt und dann die Brücke geentert hatte. Zwei oder drei der Offiziere dort hatte er tatsächlich den Kopp gekloppt, dann den Kapitän bedroht, er solle das Schiff zurückfahren, was der natürlich ablehnte, und erst nach einem kräftigen Handgemenge war er überwältigt worden. Jetzt ist er im Austausch für seine Luxussuite in einer Kabine eingesperrt. Als erste Strafmaßnahme sozusagen. Der stärkste Security-Mann halte davor Wache, protzt der Kapitän. Bei sexuellen Übergriffen und Diebstahl, den häufigsten Delikten sonst an Bord, sei eine solche Abschottung nicht unbedingt nötig, bei einem Angriff auf die Führung des Schiffes allerdings müsse man Kante zeigen. Die ehemaligen Herrschaften der jetzigen Knastkabine hätten Henrys freie Suite beziehen dürfen und seien überglücklich, feixt der Kapitän.

Ich hätte der Angelegenheit keine weitere Beachtung geschenkt, wenn ich bei der Rückkehr in meine Kabine nicht einen riesigen Wachmann auf dem Gang vorgefunden hätte. Er steht vor der Kabine neben der meinen und wirkt entschlossen. Er bestätigt, dass Henry hier festgesetzt sei. Man werde ihn im nächsten Hafen übergeben. Das werde voraussichtlich in zwei Tagen geschehen.

Ob es den beiden Offizieren, die Henry geschlagen habe, gut gehe, will ich wissen, und er versichert mir, dass sich angemessen um sie gekümmert werde. Mehr ist aus dem Mann nicht herauszubekommen.

Jetzt hätte der Fall für mich vollständig erledigt sein sollen, doch als ich mich auf meine Koje lege und mir die pikante Situation, neben einem eingesperrten Kriminellen zu nächtigen, durch den Kopf gehen lasse, höre ich ein Flüstern. Ich glaube nicht an Geister oder, um im Bild zu bleiben, an Klabautermänner und versuche daher, der Ursache des Flüsterns auf den Grund zu gehen.

Auf Schiffen gibt es die unterschiedlichsten Geräusche. Sie entstehen, weil sich das Schiff als Fremdkörper mit den Naturgewalten auseinandersetzen muss. Dabei wird es gebogen und verwunden, Spannungen aller Art entstehen und lösen sich wieder. Außerdem hatte sich die Kreuzfahrtindustrie nach der Pandemie und wegen der alsbald beginnenden Kriege nicht mehr erholen können. Dieses Schiff ist wahrscheinlich das letzte, das noch fährt. Es ist, wie schon angedeutet, alt und voller Mängel.

Die Quelle des Flüsterns finde ich schnell. Es kommt aus dem zusätzlichen Waschbecken, das ich als überraschendes Stück Komfort im Schlafbereich der Kabine habe. Nach nur kurzem Hinhören bin ich mir sicher, dass es Henry ist, der da flüstert. Seine Stimme ist zu markant. Offenbar hängt mein Waschbecken an einem seiner Fallrohre.

»Haben Sie keine Angst, aber geben Sie mir ein Zeichen, dass Sie mich verstehen«, wiederholt er so lange, bis ich antworte.

»Ich wusste doch, dass da jemand ist«, flüstert er aufgeregt. »Sie müssen mir helfen. Sie haben mich hier eingesperrt.«

Das habe ja wohl auch seinen Grund, flüstere ich zu meinem Erstaunen ebenfalls. Immerhin habe er Menschen

Henry in Gefangenschaft in einer Kasino

verletzt. Das bedauere er zutiefst, und es hätte nicht dazu kommen müssen, wenn man seiner Forderung nachgekommen wäre. Ihn wundere allerdings, dass die Männer Schaden genommen hätten, denn er habe sie doch allenfalls gestreift.

Dazu könne ich nichts sagen und wisse nur, dass der Kapitän an Bord das Sagen habe. Es wäre schön, wenn er mich nicht weiter belästige. Andernfalls würde ich dafür sorgen, dass er in eine andere Kabine verlegt werde.

Das scheint ihn zu beeindrucken, denn eine Antwort bleibt aus. Ich lege mich wieder hin, aber meine Gedanken kreisen von nun an noch intensiver um den Gefangenen nebenan. Seit ein paar Jahren, seit ich in Rente bin, finde ich ohnehin nur schwer in den Schlaf. Oft reicht ein kleines Ereignis am Tag, um mich die ganze Nacht wach zu halten.

Nur wenige Minuten später meldet sich Henry wieder aus dem Waschbecken.

Er habe lediglich der am Pier zurückgelassenen Frau beistehen wollen, flüstert er. Im Übrigen glaube er, in der Frau seine ehemalige Mitbewohnerin Simone erkannt zu haben. Eigentlich sei er nur ihretwegen auf dieser Kreuzfahrt. Mehrere Jahre habe er nach ihr gesucht, dann einen Hinweis erhalten, sie aber bisher nicht treffen können. Als er sie dann dort draußen rennen sah, habe sein Verstand ausgesetzt und ihn in diese Lage gebracht.

Aber jedem an Bord werde eingeschärft, dass man von einem Landgang zeitig zurückkehren solle, wispere ich. Jeder wisse, dass das Schiff nicht warten werde. Es werde auch nicht halten oder gar umkehren, wenn jemand sich verspäte.

übw d. Freiheit

Und doch passiere so etwas wie heute immer wieder, flüstert Henry. Seiner Meinung nach betreffe es drei verschiedene Typen von Passagieren. Der erste Typ habe keinen Bezug zur Zeit und sei schon sein ganzes Leben unpünktlich, der zweite halte sich für unverwundbar und glaube, er stehe über dem Gesetz, und der dritte habe Pech gehabt.

Zu welchem Typ er die Frau denn rechne, will ich wissen. Zum dritten, antwortet er. Während so eines Ausfluges in eine fremde Welt könne allerhand Unvorhergesehenes passieren. Ein Unwohlsein bei der Hitze da draußen reiche schon aus, um das Schiff zu verpassen. Dieser Typ täte ihm leid, wohingegen die beiden anderen vor seinen Augen keine Gnade fänden. Im Grunde seien diese anderen Typen ausgemachte Egoisten, die glaubten, sie könnten sich Freiheiten nehmen, für sie würden Ausnahmen gemacht. Sie verdienten es, zurückgelassen zu werden. Denn die Freiheit ende streng genommen nicht erst dort, wo sie mit dem Gesetz in Konflikt gerät. Sie ende viel früher und auch allumfassender, als ich es mir vorstellen könne. Vor Jahren habe er eine seltsame Geschichte erlebt, die ihm dies verdeutlicht habe. Ob ich die Geschichte hören wolle? Ich könne doch sowieso nicht schlafen.

Was fällt denn dem ein, denke ich empört, stimme aber zu, denn einerseits hat er Recht, andererseits wäre es vielleicht sogar eine gute Möglichkeit, etwas Schlaf zu finden. Sollte er doch vor sich hin plaudern. Bestimmt merkt er nicht, wenn ich einnicke. Und wenn doch, was sollte er machen? Er weiß ja noch nicht einmal, wer ich bin. Am Ende täten wir uns gegenseitig einen Gefallen. Ich hatte schon immer eine Schwäche für solche Konstellationen.

Ich lege mich bequem hin, Henry scheint sich etwas zu sammeln, und dann erfüllt sein Flüstern die Stille.

Mann mit Gepäck

[handschriftlich: Henry erzählt über Simone vor 15 Jahren]

Simone zog vor fünfzehn Jahren an einem nebligen Mittwochmorgen aus. Vielleicht wundern Sie sich jetzt, dass ich etwas weiter aushole, aber das ist nötig, um Ihnen all meine Beweggründe begreiflich zu machen. Sollte ich aber zu weit abschweifen, zögern Sie nicht, mich zu unterbrechen. <u>Ich werde dann prüfen</u>, ob ich tatsächlich zu weit gegangen bin.

Simone zog also aus, und ich hatte den Gehweg so großzügig abgesperrt, dass ein Möbelwagen genügend Platz hatte. Ich schaue mir die Dinge gerne von oben an und so stand ich am Fenster, als der Möbelwagen in die Straße einbog. Je näher er kam, um so mehr verlor er seine Räumlichkeit, bis er direkt unter mir zu einem großen, schmutzgrauen Rechteck mit einem kleineren, schmutzgrauen Rechteck quer davor wurde. Die Servolenkung jaulte, ein dunkles, kleines Trapez drehte sich aus der mir zugewandten Schmalseite des kleineren schmutzgrauen Rechtecks, und ich wusste, dass ein anderes auf der gegenüberliegenden Seite dasselbe tat. Der Motor brummte abgründig, der Wagen setzte unerträglich langsam zurück. Eine Ecke des großen, schmutzgrauen Rechtecks stupste die Straßenlaterne am Haus an. Bimmelnd schwang sie hin und her. Der Wagen bremste scharf, und es wirkte anschließend, als denke er nach. Dann reckte sich eine Hand diesseits aus dem kleineren, schmutzgrauen Rechteck und

Trennung v. Simone + kennenlernen

verstellte den Spiegel. Die Bremsen entlüfteten, der Motor drehte etwas höher, eine dunkelgraue Dieselqualmwolke mischte sich in den Nebel, und der Wagen schob sich wieder ein Stück nach vorn. Noch ein kleines Einlenkmanöver, und er stand, für jeden auf der Straße sichtbar da, groß und grau und kantig. Dann nagelte der Motor noch ein wenig, schüttelte sich und den Wagen einmal durch und kam zur Ruhe. Aber gut!

Der Fahrer sprang routiniert auf die Straße, was ich von oben nur erahnen konnte. Sehen konnte ich von ihm nur seine Schiebermütze und dabei nicht sagen, ob der Mann groß oder klein war. Die Schiebermütze verschwand hinter dem großen Kastenaufbau, dann klappten die Hecktüren wie von Geisterhand bewegt auf und mit einem schnappenden Geräusch rasteten sie an den Seiten des Kastenaufbaues ein. Der prüfende Blick des Fahrers die Laterne hinauf traf meinen. Wir nickten uns zu. Seine beiden Kollegen tropften etwas verschlafen aus dem Führerhaus, schlenderten ebenfalls nach hinten und deckten sich dort mit Tragriemen ein. Viele Worte machten sie nicht, und es wirkte, als wären es heute sowieso die ersten.

Ich ließ Simone nicht gerne ziehen, denn mit ihr war alles unkompliziert gewesen. Erstaunlich, wo sie doch so verschieden von mir war. Wir sind einmal ein paar Straßen weiter zu einer Imbissbude gegangen, weil ein Stromausfall in unserem Viertel die Küche lahmlegt hatte. Der Imbissmann fragte, ob wir zusammengehören, obwohl sie teilnahmslos, ja fast gelangweilt schräg hinter mir gestanden hatte. Da wurde mir erstmals bewusst, wie wir auf andere wirken könnten. Dabei reizte sie mich nicht, und ich reizte sie nicht. Unsere Gemeinschaft verfolgte nur den einen Zweck, nämlich diese große Wohnung nutzen zu können.

Ich war nämlich eine Miet-Kauf-Verpflichtung eingegangen, und da kam es mir sehr gelegen, wenn meine Ausgaben durch eine Untervermietung verringert wurden. Dabei will ich klarstellen, dass ich schon damals nicht am Hungertuch nagte. Ich will da jetzt nicht ins Detail gehen, obwohl auch mein Umfeld scheinbar nichts Besseres zu tun hat, als sich über mein Einkommen den Kopf zu zerbrechen. Ihnen sage ich es ganz offen: Arbeit, die nur dazu dient, Geld zu verdienen, halte ich für Ressourcenverschwendung. Mein Tätigsein dagegen dient dem Erwerb interessanter Objekte oder der Nutzung interessanter Gelegenheiten. Beispielsweise habe ich einmal eine Vase gekauft, die außen grün und innen rot war. Sie bestand aus einem Glas, in das Metall eingelagert war. Das Metall reflektierte das Grün und ließ seine Komplementärfarbe das Glas passieren. Darum war die Vase innen rot. Leuchtete man allerdings in die Vase hinein, so wurde sie innen grün und außen rot. Man nennt das Oberflächenplasmonenresonanz. Fragen Sie mich nicht, wie das genau funktioniert. Soweit ich weiß, soll ein Quanteneffekt dahinter stecken. Aber gut!

Simones neuer Job erzwang ihren Ortswechsel. Einen Ersatz für sie hatte ich aus verschiedenen Gründen noch nicht gefunden. Ich wollte nämlich keine Studenten hier haben, aber auch keine Langweiler, keine Modepüppchen, keine Haudegen, keine Spinner, keine Schlunze, keine Dreimal-am-Tag-Duscher. Ich wollte keinen Taubenschlag, aber Einsiedler wollte ich auch nicht. Wer bei mir einzog, musste davon abgesehen vor allem die Miete bezahlen können.

Bisher wurde niemand meinen Ansprüchen vollständig gerecht. Darum war ich nervös. Zwei, drei Personen, die ich notfalls akzeptieren müsste, kreisten zwar in meinem Kopf, aber auch sie reichten nicht an Simone heran. In der Hoffnung, sie vielleicht doch noch umstimmen zu können, half ich beim Verladen ihrer Sachen und versprach ihr nachzusenden, was ich nach ihrer Abreise doch noch von ihr finden sollte. Doch da würde es nichts geben, da war ich mir sicher. Nicht bei Simone. Und warum sollte sie ihre Pläne ändern? Die neue Wohnung in einer anderen Stadt war längst hergerichtet, ihr neues Leben längst ohne mich eingerichtet. Den Schlussstein ihres Auszugs setzte sie, als sie mich um die Rückzahlung der Kaution bat. Damit hatte ich gerechnet und überreichte ihr einen weißen Umschlag mit all meinem Widerwillen. Ich sah dem LKW mit ihrer Habe nach, wie er im Gefolge ihres Kleinwagens in die Hauptstraße einbog und mir dabei den Blick auf einen dunkel gekleideten Mann jenseits der Kreuzung freigab.

Ich meinte mich zu erinnern, dass der Mann schon während des Beladens dort gestanden hatte. Ein flüchtiger Blick über einen Karton hinweg wird ihn gestreift haben, ein ganz automatischer Scan der Umgebung, wie wir ihn permanent durchführen, um uns unserer Sicherheit zu vergewissern und sogleich alles so Erfasste wieder zu vergessen, wenn keine Bedrohung zu erkennen ist. Der Mann musste im Verlauf des Beladens dann verschwunden sein, denn hätte er die ganze Zeit dort gestanden, so hätte mich das zumindest irritiert.

Jetzt stand er also wieder dort. Auf die Entfernung konnte ich sein Gesicht nicht genau erkennen, aber es wirkte etwas aufgedunsen, war bartlos und mit schulterlangen, dunklen, nach hinten gekämmten Haaren. Er trug eine dunkel gerahmte Brille. Am auffälligsten aber war wohl sein etwas zu großer, knöchellanger, fast schwarzer Mantel. Die Ärmel des Mantels ragten über seine Hände. Zwei große, dunkle Koffer hatte der Mann rechts und links von sich auf den Boden gestellt. Er beugte sich leicht vor, die Griffe verschwanden in den Ärmeln des Mantels, er schien sich zu sammeln, und dann hob er die Koffer so langsam an, dass ihr Gewicht augenfällig wurde. An der Art, wie er sie angehoben hatte, schätzte ich ihn auf über sechzig Jahre. Als er wieder aufrecht stand, blickte er sich zu beiden Seiten um, wohl um den Verkehr abzuschätzen, und trat dann auf die Straße. Mit schnellen, schlurfenden Schritten, kaum länger als seine Füße, überquerte er sie. Mit jedem Schritt wurde die Anstrengung sichtbar, die ihm die Last seiner Koffer und seines Alters abverlangte. Auf dem diesseitigen Bürgersteig angekommen, setzte er die Koffer so mühsam ab, wie er sie aufgenommen hatte und verschnaufte.

Mich überkam eine Welle der Abneigung. Länger wollte ich nicht Zeuge sein, und wendete mich daher dem Hauseingang zu. Wir haben alle unsere Last zu tragen, und meine bestand im Moment darin, einen neuen Mieter zu finden. Doch im Abwenden bemerkte ich, dass der Mann winkte. Ich verharrte, schaute, ob er jemand anderen meinen konnte, aber da ich niemanden sonst auf der Straße sah, zeigte ich mit einem fragenden Gesicht auf mich. Der Mann nickte und nahm seine Last wieder auf.

Unbekannt ist mehr-deutig (handwritten)

Während ungezählter, noch schnellerer Schlurfschritte war ich hin- und hergerissen, ob ich ihm entgegengehen sollte, um die Zeit unserer Begegnung abzukürzen, oder ob ich meinen Weg ins Haus fortsetzen sollte. Unbekannte kann man problemlos missverstehen. Als er schließlich seine Koffer vor mir absetzte, hatte ich mich noch immer nicht entschieden.

Er war bestimmt einen Kopf kleiner als ich, leicht übergewichtig, und was sein Alter betraf, hatte ich mich nicht getäuscht. Der Mantel allerdings schien noch älter zu sein und war stellenweise bereits fadenscheinig. Darunter trug er einen schwarzen Anzug, ein weißes Hemd und eine schwarze Krawatte. Die Schuhe waren ausgetreten. Er lächelte mich mit einem tatsächlich etwas aufgedunsenen, jetzt geröteten Gesicht an. Hinter der Brille blitzten erstaunlich wache Augen, und doch war er unrasiert, seine Haare so lang wie ungepflegt. Sein Atem ging schwer und roch auch nicht gut.

Er zog ein Taschentuch aus dem Mantel und wischte sich Stirn und Nacken damit. Dabei fielen mir seine kleinen Hände auf. Sie wirkten jünger als er selbst es war. Dann fragte er mit erstaunlich sanfter Stimme etwas, das ich nicht verstand. Mir schien es aus mehreren Sprachen zusammengewürfelt, und ich versuchte, Anzeichen dafür zu finden, ob er sich nach einem Weg erkundigte. Seine Augenbrauen hoben sich, senkten sich, die Stirn dazwischen legte sich in zwei tiefe Falten, dann setzte er erneut an. Diesmal hörte ich das Wort *Zimmer* heraus, und mir dämmerte etwas. Bestimmt hatte er den Möbelwagen gesehen, und bestimmt hatte er mich gesehen, wie ich beim Beladen geholfen hatte. Bevor er also einen weiteren Versuch unternahm, sich mir mitzuteilen, wimmelte ich ihn ab, indem ich sagte, dass ich kein Zimmer zu vergeben hätte, dass es mir leid täte, dass es sich um ein Missverständnis handeln müsse, hob entschuldigend die Arme und ließ ihn stehen.

Die anschließenden Telefonate mit den zwei, drei Interessenten, die mir im Kopf geblieben waren, hätten nicht unbefriedigender verlaufen können. Die Nummer meines Favoriten erwies sich als falsch, die zweite stimmte zwar, aber die Dame hatte sich bereits anderweitig verpflichtet. Die dritte und letzte behauptete, nie hier gewesen zu sein, woraufhin ich versuchte, ihr Gedächtnis aufzufrischen. Sie habe doch in der weitläufigen Wohnung ihren Regenschirm verlegt und nicht wiedergefunden. Das könne nicht sein, entgegnete sie, denn sie habe schon lange keinen Schirm mehr. Weil sie ihn hier verlegt habe, erklärte ich. Ihre Schirmlosigkeit und der Verlust des Schirms in meiner Wohnung falle doch bestimmt zeitlich zusammen. Ich sei wohl dieser rechthaberische Kerl von vor zwei Wochen, bemerkte sie. Das sei ihr damals schon aufgestoßen und wiederhole sich jetzt. Was das mit Rechthaberei zu tun habe, wollte ich wissen. Ich versuchte bloß, die beiden Tatsachen miteinander zu verknüpfen um ihr die Wohnung, um die es hier gehe, wieder in Erinnerung zu bringen. Schon beim Wort *Regenschirm* habe sie eine deutliche Vorstellung von meiner Wohnung und mir gehabt, sie sei ja nicht blöd. Mich nach jetzt zwei Wochen bei ihr zu melden könne nur bedeuten, dass alle anderen, die ich in Betracht gezogen hatte, das Interesse verloren hätten. Sie sei kein Lückenbüßerin, die Wohnung sei zwar sehr attraktiv, ich sei das aber nicht, und sie

Henry findet keinen Nachmieter

werde niemals mit einem wie mir zusammenziehen. Den Regenschirm, sollte er mir tatsächlich in die Hände fallen, könne ich behalten. Den habe sie auch nie gemocht.

Sie brach die Verbindung ab. Das brachte mich auf die Palme. Ich hatte ihr doch nichts getan. Eigentlich hatte ich mich sogar fürsorglich verhalten und darum einen solchen Ausbruch nicht verdient. Ein einfaches *Nein* hätte doch gereicht. Nicht auszudenken, wenn sie *Ja* gesagt hätte und eingezogen wäre. Aber gut! *Humor* *leere in d. Wohnung*

Die Wohnung kam mir jetzt noch leerer vor. Ich schritt noch immer aufgebracht durch die Zimmer. Die Lücken im Mobiliar führten mir Simones Abwesenheit vor Augen, und in ihrem ehemaligen Zimmer war die Trostlosigkeit am größten. *Simone war 9 Jahre bei ihm*

Die Wände mussten gestrichen werden. Helle Flächen anstelle von Schrank und Bett waren geblieben. Das Streichen hatte ich ihr erspart, sozusagen als Abschiedsgeschenk. Die hellen Stellen erinnerten mich daran, wie lange sie bei mir gewohnt hatte. Es müssen wenigstens neun Jahre gewesen sein. Inzwischen sollte sie längst die Autobahn nach Süden erreicht haben.

Der Nebel hatte sich wie vorhergesagt aufgelöst. Auf den Dächern der umliegenden Häuser hockten Krähen. In den letzten Jahren waren es immer mehr geworden. Durch eine Lücke zwischen den Gebäuden konnte ich den großen Baum sehen. Bis heute weiß ich nicht, was es für eine Art war. Als ich seine Krone zum ersten Mal sah, glaubte ich in der Anordnung von Ästen und Blättern einen Motorradfahrer, einen Biker, zu erkennen. Das Motorrad war so eines mit hohem Lenker, und der Sattel hatte eine hohe Stange wie bei einem Bonanza-Fahrrad.

Der Fahrer klemmte mit einem kugelrunden Helm darauf, und aus seinen Schultern stachen Stangen wie die Banderillas beim Stierkampf. Der Anblick des Fahrers auf seinem Feuerross munterte mich von da an auf, wenn ich mich schlecht fühlte. Und wenn der Wind auffrischte, wuchs auch in mir eine wilde Kraft zur Veränderung.

Mit den Jahren war der Biker der Baumkrone entwachsen, aber, so sagte ich mir, das sei der Lauf der Zeit. Leider musste ich mir eingestehen, dass es um meine Hoffnungen, Wünsche und Sehnsüchte nicht besser bestellt war. Sie waren mit seinem allmählichen Verschwinden ebenfalls verblasst. Es lag bestimmt an meiner Faulheit, oder, wie Simone es einmal genannt hatte, an meinem mangelnden Ehrgeiz. Sie hatte nie verstanden, dass mein Ehrgeiz nicht darin bestand, eine bestimmte gesellschaftliche Position zu erreichen, sondern nur darin, möglichst viel Zeit und Geld zu haben. Dann solle ich doch eine reiche Frau heiraten, war einmal ihr Fazit gewesen. Das war natürlich ein Witz, denn es ging mir ausschließlich um Zeit, über die ich frei verfügen konnte, und nicht um die Zeit, die von anderen Menschen und ihren Ziele verplant wurde.

Keineswegs verblasst war jedoch der seltsame Mann. Noch immer stand er mit den beiden Koffern unten auf der Straße und machte keine Anstalten zu verschwinden. Sein Blick wanderte die Fassade hinauf, und als er mich am Fenster stehen sah, hob er die Hand zum Gruß. Wie vorhin auf der Straße wusste ich nicht, wie ich reagieren sollte. Ein unerträglicher Zustand, wie ich finde, denn wer sich nicht entscheidet, für den übernimmt die Welt das Ruder. Er steckte seine Grußhand in die Manteltasche, zog sie wieder heraus und hielt etwas hoch. Es glänzte im

24

[handschriftliche Notiz: Henry sieht wieder Mann, v hat Gold in o. Hand]

Sonnenlicht. Wollte er mir zu verstehen geben, dass er das Zimmer bezahlen konnte? Was er da in der Hand hielt, war zumindest ungewöhnlich. Es war glatt und hart und dabei warm und weich. Es war nicht auf der Erde entstanden. Es hatte der Kollision zweier Neutronensterne bedurft. Es hatte eine Billionen Grad Hitze gebraucht, um zu entstehen. Es konnte aufregen, anregen und beeinflussen. Mich machte es kirre. Es war ein Klumpen Gold.

Quant Zwei

Nicht nur das Wort *Gold* lässt mich aufhorchen, sondern auch das Klopfen an Henrys Tür gefolgt von der Frage des Wachmannes durch eben diese Tür, ob es ihm gut gehe. Ich glaube, eine leichte Verschiebung zwischen dem, was ich vom Flur höre, und dem, was ich aus dem Waschbecken höre, wahrzunehmen. Eine winzige Schwebung, hervorgerufen durch die Laufzeit des Schalls in den unterschiedlichen Medien, durch verschiedene Aggregatzustände hindurch. Ich bin fast sicher, dass ich dazu organisch gar nicht in der Lage bin.

Henry ruft, darüber brauche er sich keine Gedanken zu machen, und der Wachmann erklärt, dass er beständig leises Wispern höre. Das gehe ihn ja wohl gar nichts an, ruft Henry noch lauter. Außerdem könne es dem Wachmann doch nur Recht sein, wenn er ihn, Henry, höre, denn dann wäre gewährleistet, dass er, Henry, sich noch in der Kabine befinde und nicht stiften gegangen sei. Er habe auch nur fragen wollen, antwortet der Wachmann. Er sei völlig o. k., meldet Henry, habe aber Hunger und Durst. Der Wachmann will etwas besorgen lassen, und ich höre ihn gedämpft in sein Funkgerät sprechen. Eine Auswahl gibt es nicht, und es wird eine Weile dauern, bis es gebracht wird. Henry kann damit offenbar leben, bittet aber darum, seine Laktoseintoleranz zu berücksichtigen. Er ist auf der Toilette. Lautes Plätschern signalisiert mir, dass er sich nicht die Mühe gemacht hat, sich darauf zu setzen. Dann geht die Spülung.

Ich kann mir vorstellen, dass sich in der Vergangenheit schon jemand über diese Hellhörigkeit in der Kabine beschwert hat. Allerdings gehört sie zu den billigsten, obwohl sie nicht tief im Bauch des Schiffes verbaut ist und sogar einen Balkon hat. Jetzt ahne ich den Grund dafür, wundere mich aber auch, dass mir meine ehemaligen Nachbarn nicht auf die Nerven gefallen waren und die Reederei dieses Manko nicht beseitigt hat, um die Kabine teurer verkaufen zu können.

Mir kommen andere Beispiele für Konstruktionsmängel in den Sinn. Zuletzt fand ich eines beim Besuch eines alten Freundes, der in ein Seniorenheim gezogen war. Auf der Suche nach einer Toilette landete ich in der Waschküche. Ein blitzsauberer Ort, aber man hatte in diesem Raum, in dem vor allem Wasser eine Rolle spielte, keinen Abfluss in den Boden eingelassen. Jeder auf den Boden gefallene Tropfen musste aufgewischt werden. Eine Qual für das Personal. Eine nachträgliche Installation hielt man für zu teuer oder zu dreckig oder allgemein für zu aufwendig, was wohl auch für die Korrektur des Leitungsverlaufes in dieser Kabine gilt. Wenn ich dann noch bedenke, dass das Schiff nicht nur mit diesem Schönheitsfleck glänzt, dann kann ich mir vorstellen, dass der Eigner bei der ganzen Mängelliste einfach abgewunken hat. Im Prinzip gibt es keinen Teppich, der sich nicht an den Rändern oder in der Mitte aufwölbt. Treppenstufen sind ausgetreten, Fenster undicht, Lampen ohne Funktion. Nur wenige Stühle wackeln nicht, die Liegestühle dagegen können nicht in ihrer Sitzposition verändert werden. Geschirr und Besteck müssen von anderen Schiffen zusammengeklaubt worden sein, und es ist ein Abenteuer für sich, bei Seegang durch das Treppenhaus mit seinen lockeren Geländern zu wanken. Dabei sind diese Defekte gerade nicht so gefährlich, dass sie zu Unfällen aller Art führen. Aber sie sind oftmals ärgerlich. Erst gestern habe ich mir an einem scharf abstehenden Lackrest einen meiner Pullis eingerissen. Aber ich will gar nicht meckern. Es ist das letzte verfügbare Schiff, das zu einer Kreuzfahrt in See gestochen ist, und ich hatte Glück und Mittel, daran teilnehmen zu dürfen.

Wir könnten weitermachen, höre ich Henry wispern. Wo er stehengeblieben sei? Ach ja, das Gold.

Der unbekannte Mann ist Bill

Sauber und satt

Nun stand er also in meiner Wohnung. Mir war so, als wäre es mit seinem Eintreten dunkler darin geworden. Hier im Flur war er nicht mehr zu überriechen. Der Ozelot im Zoo kam mir in den Sinn, aber im Gegensatz zu jenem rannte der Mann nicht stumpfsinnig hin und her, sondern stand wie eingepflanzt. Er habe mich ja doch noch überzeugen können, sagte er mit so wenigen Fehlern, dass ich fast vergaß, wie schwer ich ihn zuvor verstanden hatte.

Er ließ den Goldklumpen in meine Hand fallen und ich starrte auf ihn, der jetzt noch größer, glänzender und schwerer wirkte als aus der Entfernung. Im Kopf überschlug ich seinen Wert und auch die Möglichkeiten, ihn zu Geld zu machen. Wahrscheinlich würde ich damit zu einem Goldankauf gehen. Mit Münzen oder Barren hätte ich eine Bank aufgesucht. Woher er den wohl hatte?

»Ich bin Bill«, sagte er.

Das riss mich aus meinem eingebildeten Königreich in den Wolken des Reichtums. Ich nannte ihm auch meinen Namen, führte ihn in Simones Zimmer, und er war begeistert. Seine Augen funkelten unternehmungslustig, und seine ganze Gestalt schien auf einmal gestrafft. Ihn störte es nicht, dass keine Möbel da waren. Die Matratze, die ich für Besucher in der Abstellkammer, dem Kabuff, bereit hielt, schien alles zu übertreffen, was er sich ausgemalt hatte. Mehr brauche er nicht, versicherte er mir. Alles andere trüge er bei sich. Ob er so lange hierbleiben dürfe, bis die Sonne wieder aufgehe? Ich war mir sicher, dass er nicht bemerkte, wie mich eine Welle froher Erwartungen durchlief, denn wenn ich eines gelernt habe, dann ist es, genau solche Gefühlsäußerungen vor jedermann zu verbergen. Man erwirbt keine interessanten Objekte, wenn einem die Gier ins Gesicht geschrieben steht. Mit der gleichen Unauffälligkeit versuchte ich, sein Gesicht nach Anzeichen von Einfalt abzusuchen. Aber da war nur entwaffnende Arglosigkeit in seinen Augen. Der Goldklumpen war bestimmt tausend Euro wert. Dafür könnte er einen ganzen Monat hier bleiben. Entweder hatte er gute Gründe, eine solche Summe für diese kurze Zeit zu bezahlen, und deshalb wollte ich diese Gründe im Moment gar nicht kennen, oder er wusste nicht, was für einen Schatz er mir da ausgehändigt hatte. Die Azteken hatten Gold immerhin als Exkremente der Götter bezeichnet.

Ich zeigte Bill das Badezimmer. Vergangenen Monat hatte ich es renovieren lassen. Als ich jetzt die glatten, hellgrauen Fliesen sah, fiel es mir schwer, mich an die verwirrende Anzahl von zu- und abführenden Leitungen zu erinnern, die sich dahinter verbargen. Was mir jedoch in den Sinn kam, war der enorme Dreck, der beim Abschlagen der alten Fliesen entstanden war. Feinster Bohrhammerstaub hatte sich auf alles in der Wohnung gelegt, weil ich zunächst keine Vorkehrungen dagegen getroffen hatte. In einigen unzugänglichen Ecken lag er sicher noch. Simone hatte mir geraten, eine Plastikfolie vor der Tür anzubringen, und das war eine wirklich gute Idee gewesen. Sie schenkte mir auch einen Mundschutz und lieh mir ihre Taucherbrille. Ja, an so etwas dachte Simone. Nur gut, dass ich lediglich die groben Arbeiten selbst durchgeführt und die Feinarbeit einem Fachmann überlassen hatte. Nicht auszudenken, welche Fehler mir beim Einbau der sanitären Anlagen hätten unterlaufen können.

Bill ließ seinen Blick umherschweifen, und ich ermutigte ihn, alles zu benutzen. Die Bedienung von Toilette, Waschbecken und Bidet erschloss sich von selbst, aber die Dusche musste ich ihm erklären. Sie ist ein Wunderwerk der Technik. Gesteuert wird sie digital über ein Paneel, und auch ich hatte beim ersten Mal meine Schwierigkeiten. In weiser Voraussicht hatte man die Bedienungsanleitung auf Plastik gedruckt, damit man sie mit unter das rauschende Wasser nehmen konnte. Für den Anfang stellte ich Bill den einfachsten Modus ein. Das Wasser würde nur von oben und nicht auch aus den vielen Düsen rund um den Körper austreten. Für einen Anfänger kann das verwirrend sein. Die Temperaturregelung zeigte ich ihm auch und hatte den Eindruck, dass Bill erst jetzt verstand, was ich ihm anbot.

Er setzte die Koffer ab, zog seinen Mantel aus, legte ihn über die Toilette und nestelte an seiner Krawatte, hörte aber sofort damit auf, als ich nach den beiden Koffern griff. Die sollten da bleiben, bedeutete er mir. Ich war irritiert, ließ aber von meinem Vorhaben ab. Aus einem Schränkchen nahm ich ein neues Stück Seife und legte es in die Schale der Dusche. Als er die Krawatte weiter lockerte, verließ ich ihn.

Im Wohnzimmer 1 – ich habe zwei davon – ließ ich mich auf das Sofa fallen. Der bloße Versuch, die Koffer anzuheben, hatte mir offenbart, dass sie sehr schwer waren. Erstaunlich, dass der alte Mann sie mit sich herumschleppte. Zu gerne hätte ich einen Blick hinein riskiert oder auch nur seinen Mantel durchsucht. Ob wohl jemand seinen Einzug bemerkt hatte? Die Nachbarn im Haus waren nicht sonderlich neugierig. Soweit ich wusste, stand niemand am Türspion, sobald sich im Hausflur etwas tat. Simones Auszug würden einige doch beobachtet haben, aber Bills Einzug war so geräuschlos und so kurz nach ihrem Auszug erfolgt, dass beides für ein einziges Ereignis gehalten werden konnte. Wäre da nicht die Matratze in Simones Zimmer gewesen, wäre da nicht Bills Geruch in der Wohnung gewesen, nichts hätte auf seine Anwesenheit hingedeutet.

Ich öffnete mehrere Fenster, Durchzug entwickelte sich. Für die Matratze suchte ich Bettzeug zusammen und legte es darauf, entschied mich dann aber, das Bett richtig zu beziehen. Ich fand auch eine kleine Lampe, die ich in der Nähe des Kopfendes einstöpselte. Während all dieser Vorbereitungen musste ich mehrmals an der geschlossenen Badezimmertür vorbeigehen. Das Wasser rauschte beruhigend. Seltsamerweise ging aber auch zweimal die Toilettenspülung, doch ich beschloss, dass mich das nichts anging. Bill entdeckte auch das Radio, den Lautstärkeregler aber nicht. So konnte ich mitverfolgen, wie er von einem Nachrichtensender zu einem Sender mit klassischer Musik wechselte und wieder zurück und wieder hin und wieder zurück. Offenbar war jemand aus einer Anstalt ausgebrochen, die Bahnpreise waren gestiegen, die Arbeitslosenzahlen dagegen gefallen, das Wetter war so wie gestern. Irgendwann stellte er das Radio ab.

Alles in allem duschte er fast eine ganze Stunde. Das gab mir die Gewissheit, dass er auch wirklich sauber sein würde. Die Kosten würden sich in Grenzen halten, denn der Duschkopf reduzierte den Verbrauch. Er brauchte aber noch etwa eine halbe Stunde, bis er das Badezimmer verließ, wie er es betreten hatte.

Auf mich wirkte er jetzt etwas jünger. Es mochte daran liegen, dass ihm die Hitze des Wassers eine leichte Rötung auf die Wangen getrieben hatte.

Ich ging ihm entgegen, er machte Platz und ließ mich das Badezimmer inspizieren. Damit der Dampf abziehen konnte, öffnete ich das Fenster. Eigentlich hatte ich mit einer kleinen Überschwemmung gerechnet, da er während des Duschens doch die Toilette benutzt hatte. Ein nasser Körper hätte Spuren hinterlassen, doch alles war trocken und sauber. Die Handtücher waren feucht, aber nicht klatschnass, und ich ließ sie in den Wäschebehälter fallen. Die Seife hatte er ausgiebig benutzt. Es war kaum noch etwas davon übrig, was nicht nur daran lag, dass er sich damit gewaschen hatte. Wenn ich genau hinsah, dann fehlte eine Ecke, und wenn ich noch genauer hinsah, dann waren da Zahnabdrücke.

Vor Jahren hatte ich eine Dokumentation über einen Orang-Utan gesehen. Der hatte sich mit einem Stück Seife gewaschen und dann den dicken Schaum von seinen haarigen Unterarmen abgeleckt, als sei es Schlagsahne. Er konnte offenbar nicht genug davon kriegen, aber man hatte ihn nie dabei beobachtet, wie er ein Stück abbiss. Möglich, dass er es ganz zu Beginn seiner Erfahrungen getan hatte, aber es war niemandem aufgefallen. Dann hatte er Geschmack am Schaum gefunden. Gut möglich,

Bill bepißt in Seip / hat 2 schwere Koffer bei sich

dass Bill den gleichen Prozess durchlaufen hatte. Die fehlende Ecke könnte ein Hinweis darauf sein. Aber gut!

Ob er Hunger habe, fragte ich ihn. Er schien zwischen Zustimmung und Ablehnung zu schwanken, also bat ich ihn, mir in die Küche zu folgen, wo er sich mit den beiden Koffern an den Tisch setzte. Dabei schlug der untere Rand seiner Manteltaschen mit hartem, metallischem Klirren auf den Boden. Da ist noch mehr Gold, schoss es mir durch den Kopf.

Ich schaute in den Kühlschrank und fand ihn in einem erbärmlichen Zustand vor. Das würde niemanden satt machen, zumindest nicht, solange es nicht zubereitet war. Anscheinend hatte Simone den Großteil der sofort essbaren Nahrungsmittel mitgenommen. Ein paar Käsereste, der Strunk eines Brokkolis und ein holziger Kohlrabi lagen verstreut darin. Im Türfach verkümmerte ein Ei und ganz hinten unter der Lampe lag ein eingefallenes, verschimmeltes Stück Schwarzwälder Kirschtorte. Dafür hatte ich keine Nudeln mehr oder Reis oder bloß Kartoffeln, vom Brot war mir lediglich ein harter, dicker Knapp geblieben, und den Vorrat an Tütensuppen schien es nie gegeben zu haben.

Alles, was ich für essbar hielt, legte ich auf einen Teller, den Rest, weiß der Himmel warum, auf einen zweiten. Bill griff nach dem zweiten, und bevor ich ihn davon abhalten konnte, biss er in den blau-grau-grün-gelb-schillernden Kuchenpelz.

»Das Zeug könnte giftig sein«, sagte ich angewidert.

»Ich habe da keine Bedenken und finde es köstlich! Dass ihr Umherstreifenden solche Geschenke macht«, meinte er und zog sich jetzt auch den ersten Teller heran.

Bill isst verjammeltes Essen

»Eigentlich waren das die Dinge, die wir nicht mehr haben wollen«, sagte ich. »Die Sachen auf diesem zweiten Teller werden dir bestimmt besser schmecken.«

Er schüttelte den Kopf.

»Das ist nur eine Frage der Perspektive. Das, was ich zuerst gegessen habe, schmeckt offenbar auch anderen. Ein gutes Zeichen also. Die Natur hat mir außerdem bei diesem Teller schon einen Teil der Verdauung abgenommen. Diese Energie kann ich folglich für Anderes verwenden.«

»Aber das Gift, das die Pilze ausscheiden, macht dir keine Sorgen?«

»Wie schon gesagt, habe ich da keine Bedenken. Meine Konstitution ist wahrlich bewundernswert. Vielleicht reichert es sich in meinem Körper an und schützt mich ab sofort vor Fressfeinden, die dagegen nicht immun sind. Es gibt etliche Tiere bei euch, die sich genau diesen Effekt zu nutze machen.«

Mir schossen Bilder von fetten Raupen durch den Kopf, die sich zeitlebens von hochgiftigen Pflanzen ernähren und so für Vögel ungenießbar werden. Seine Redseligkeit irritierte mich ein wenig. Und um Ihnen zuvor zu kommen, falls Sie mich jetzt unterbrechen wollen: Ich reite auf dieser Essensgeschichte herum, weil Bill sich später viel länger und breiter darüber lustig gemacht hat, wie sehr wir aufs Essen fixiert sind. In seiner Bedeutung könne es nicht einmal vom Sex überboten werden, behauptete er. Sobald Essen auftauche, stehe es sofort im Mittelpunkt. Erlebnisse wie Urlaub oder Partys würde nach dem dargereichten Essen bewertet. Im Zoo sei nichts interessanter, als den Tieren beim Fressen zuzusehen. Das *über d. Essen*

Internet sei voll mit Bildern von zubereiteten Nahrungsmitteln. Er war davon überzeugt, dass wir als einzige Fließgleichgewichtler, wie er uns nannte, der Nahrung etwas Besonderes, etwas über ihre reine Aufnahme und Verwertung Hinausgehendes beimessen. Vielleicht nur darum, um uns vom Tier abzuheben, was natürlich illusorisch ist, was wir aber beständig unterstrichen. Darum mühten wir uns redlich, so seine Worte, um aus dem Fressen ein Essen zu machen. Streng genommen liege der Unterschied im Gebrauch von entsprechenden Werkzeugen. Aber nur wenige Zentimeter hinter den Molaren verschmiere jeder Unterschied zum allseits üblichen Gemenge von Substanzen, und der Futterneid überfalle uns unterschiedslos. So sei unser Hang zum gemeinsamen Essen nur vordergründig ein Akt der Geselligkeit. Tatsächlich diene es unterschwellig der gegenseitigen Kontrolle, damit sich niemand einen Vorteil verschaffen kann. Aber gut. Vielleicht wollten Sie mich ja auch gar nicht unterbrechen.

Ich meinte dann jedenfalls wegen der Fressfeinde, dass ich mir keinen vorstellen könne, der sich davon abhalten ließe, ihn wegen der Schimmelpilze nicht zu erbeuten.

»Wir werden es im Moment nicht klären können«, sagte er. »Hast du noch mehr davon, oder war es das jetzt?«

Das sei es fürs erste gewesen, ich müsse neue Sachen besorgen, sagte ich, und schob die Teller übereinander.

»Wenn du neue Sachen besorgst, dann bring mir unbedingt wieder etwas von dem ersten Teller mit.«

Ich räumte das Geschirr in die Spülmaschine, wohl bemerkend, dass Bill das mit großem Interesse verfolgte.

»Du hast einen Reinigungsroboter?«

Bill ist seltsam und auf d. Suche

»Eine Geschirrspülmaschine«, entgegnete ich.

Er nickte, als hake er etwas auf einer inneren Liste ab, und lächelte.

»Sag mal«, begann ich vorsichtig, »von woher kommst du?«

»Wieso fragst du?«

»Mir ist ...«

»Dir ist etwas an mir aufgefallen?«

»Könnte man so sagen. Ich kennen niemanden, den eine Geschirrspülmaschine so zum Lächeln bringt, niemanden, der in Seife beißt und auch niemanden, der sich freiwillig von verdorbenem Essen ernährt.«

»Du hast Recht«, meinte er. »Ich schulde dir eine Erklärung. Du hast mich für ein bisschen Gold bei dir aufgenommen, mir die Möglichkeit gegeben, mich zu waschen und etwas zu essen, und ich habe nichts Besseres zu tun, als dich zu belehren. Dabei bin ich eigentlich auf einer Suche, bei der du mir helfen kannst.«

Quant Drei

Ein Kollege des Wachmannes ist eingetroffen. Sie begrüßen sich knapp. Der Kollege ist ungehalten, weil er Besseres zu tun hat, als dem Gefangenen Verpflegung zu bringen so spät am Abend. Ob die Versorgung am frühen Abend vernachlässigt worden sei, will er wissen. Dazu könne er nichts sagen, antwortet der Wachmann. Dann flüstern sie ein wenig, und ich schnappe Worte auf, die mir zeigen, dass sie sich abstimmen, wie sie vorgehen wollen, um die Tür zu öffnen. Schließlich sind sie sich einig, und der Wachmann weist Henry an, sich in den hinteren Teil der Kabine vor die Balkontür zu stellen. Sie kämen jetzt rein. Schlüssel klirren, das Schloss schnappt auf. Henry hat sich offenbar an die Anweisung gehalten, und darum verläuft die Übergabe der Lebensmittel reibungslos.

Unwillkürlich stelle ich mir vor, dass sie in etwa so geartet sind, wie das, was Bill von Henry bekommen hat, verwerfe die Vorstellung aber, denn das Kreuzfahrtschiff ist in dieser Hinsicht viel besser ausgestattet. Ich höre, wie Henry einen Joghurt mit der Bemerkung zurückweist, der sei für ihn unverträglich. Er habe sich doch klar ausgedrückt. Die beiden Männer nehmen seine Beschwerde ohne hörbare Reaktion hin. Henry will wissen, warum er kein Besteck bekommt, und auch darauf gibt es keine hörbare Reaktion. Ich aber kann mir denken, dass sie vielleicht spöttisch lächeln bei der Vorstellung, einen Gefangenen mit Werkzeug auszustatten. Sie warten, bis er die paar Happen verzehrt hat, eine Plastikflasche mit Wasser lassen sie ihm da. Dann schließen sie Henry wieder ein.

Ich solle mich niemals irgendwo einsperren lassen, höre ich Henry alsbald flüstern. Was immer man mir auch darüber sage, es sei niemals eine Freude, seine Freiheit zu verlieren. Wo er denn stehen geblieben war?

Er habe etwas über Bill und seine Herkunft erzählen wollen, helfe ich ihm auf die Sprünge.

Ach ja, das sei wirklich seltsam, und er wolle es so genau wie möglich erzählen.

Kühne Pläne

[handschriftliche Notiz: Bill kommt aus einer fremden Welt – flachen Welt]

»Wo ich herkomme, ist alles flach«, erzählte Bill. »Es ist nicht so flach, wie du dir eine Ebene vorstellst, denn selbst auf einer Ebene gibt es kleine Erhebungen. Dir kommt jetzt vielleicht ein Blatt Papier oder eine Fensterscheibe in den Sinn. Aber meine Welt ist richtig flach. Stell sie dir wie ein Bild vor, aber ohne das Material, auf das es in der Regel gemalt wurde. Im Grunde ist es eine Art Ölfilm ohne Öl, es ist wie das Klatschen einer einzelnen Hand, Bedeutung ohne Gewicht, reine Information, eine Seite eines sehr dicken Buches. Sie entstand wie eine eurer Ideen von jetzt auf gleich aus dem Nichts und war quasi sofort unübersehbar. Du denkst jetzt mit Recht, dass meine Welt nicht auf deiner Erde zu finden ist, und tatsächlich ist sie so weit von ihr entfernt, dass du es dir nicht vorstellen kannst. Versuche auch gar nicht erst zu verstehen, was sich dort abspielt. Es wird dir nicht gelingen, weil es in seiner Fremdheit für deinen Geist – entschuldige, wenn ich es so sagen muss – nicht erfassbar ist. Aus diesem Grund will ich auch gar nicht weiter auf diese Sache eingehen, sondern lieber davon sprechen, warum ich hier bin.

Aber halt! Eines muss ich doch noch erwähnen. Denn so verschieden meine Welt auch von deiner ist, so haben beide doch miteinander zu tun. Denn alles, was es in deiner Welt gibt, hat sein flaches Pendant in meiner. Und

zu astiarke/obstruse Theorie

der Teil, den deine Welt in flacher Form in meiner einnimmt, ist winzig. <u>Deine Welt ist sozusagen eine Feder im Meer meiner Welt.</u> Denn meine Welt ist die flache Informationsvariante des ganzen Universums. Du fragst dich, wie der Informationsgehalt eines Raumes auf seine Oberfläche passt? Nun, auf dieser Oberfläche, meiner Welt also, ist nur das vermerkt, was auch tatsächlich in eurem Raum vorhanden ist. All die ganze Leere, all die Bereiche deiner Welt, in denen lediglich die Option für Etwas ist, gibt es bei mir nicht. Zwar manifestiert sich gelegentlich auch etwas aus dem Nichts, der Option für Etwas, aber nie für lange Zeit und meistens dann, wenn sich bei uns jemand langweilt, wenn jemand auf einem Egotrip ist, wenn jemand sein Mütchen kühlen muss. Aber dann verschwindet immer wieder etwas an anderer Stelle. Außerdem wird alles Gleiche nur einmal codiert. Keine Redundanz! Das stand von Anfang an fest. Wenn du also einen ganzen Sack voll Wasserstoff hast, dann ist nur ein Wasserstoffatom davon codiert. Den Rest besorgt die Selbstorganisation durch Zufall und Notwendigkeit beispielsweise des Systems *Wasserstoffsack*. Also keine Sorge: Deine Welt kann von ihrer Information her nie größer sein, als meine Welt es vorgibt.

So langsam nähern wir uns meinem Anliegen. Denn was aus der Information wird, die wir vorgeben, ist wegen der Selbstorganisation nicht eindeutig. Wir schauen darum von Zeit zu Zeit nach, was wurde. Aber um deine Welt von meiner Welt aus zu beurteilen, braucht es sehr viel Energie. Nicht in Form von zum Beispiel Elektrizität, sondern eher, um es dir anschaulich zu machen, in Form von Nervenstärke. Du kannst dir gar nicht vorstellen, wen man alles fragen muss, wer einem was genehmigen muss, wer einem alles reinredet. Und wenn man aus meiner Welt etwas Bestimmtes in deiner Welt sucht, dann braucht man von dieser Energie so viel, dass wir wieder da sind, wo ich dir sagen muss, das kannst du dir nicht vorstellen. Viel weniger Energie braucht es aber, wenn man einfach auf einen Sprung bei euch vorbei schaut. Das ist nicht nur energetisch günstiger, es bietet auch den Vorteil, dass man sich gründlich umsehen kann. Und genau hier wird es heikel. Denn um etwas zu finden, muss ein Mindestmaß an Energie eine gewisse Zeit auf das zu Findende einwirken. Sonst wird es in diesem Universum überhaupt nicht wahrgenommen. Wer sich also beispielsweise kaum bewegt, wird übersehen. Ein solch ruhiger Zeitgenosse ist aber mein Pendant, das System *Bill*, das ich in deiner Welt finden muss. Und genau dabei brauche ich deine Hilfe. Dieser Kerl muss hier in der Gegend sein, und du kennst dich sicher viel besser aus als ich. Natürlich könnte ich mich auch durchfragen, aber es ginge schneller und unauffälliger, wenn ich mich auf nur wenige Fragen beschränken könnte. Optimal wäre es, wenn ich diese wenigen Fragen nur einer Person stellen müsste. Siehst du, wie du dich herauskristallisierst? Du siehst, wie ich dich aus einem riesigen Haufen von Möglichkeiten extrahiert habe? Am Anfang war noch alles möglich, aber sobald auch nur eine Antwort aufgedeckt wurde, musste das Universum der Fragen Farbe bekennen. Aus unbestimmt wurde konkret. Ich sehe dir an, dass du beeindruckt bist, und das zu Recht, denn so anschaulich habe ich den Unterschied zwischen unseren beiden Welten noch nie dargestellt. Wir sind unbestimmt, ihr seid konkret. Großartig!

Henry zweifelt an Bill

Dass Entscheidungen, selbst wenn sie unbewusst getroffen werden, unbestimmte Zustände konkretisieren, gilt freilich auch in deiner Welt. So könnte ein Leser einem geschlechtslosen Ich-Erzähler unbewusst sein eigenes Geschlecht zuweisen, bis ihm klar wird, dass er vor diese Wahl gestellt wurde und dass eine andere Entscheidung den Ton der Geschichte beeinflusst hätte. Ihr könnt folglich Entscheidungen rückgängig machen, wir nicht, was an der Schwere unserer Entscheidungen liegt.

Aber ich will dich nicht weiter auf die Folter spannen. Vielleicht bist du mir gedanklich auch nicht bis hierher gefolgt, bist vielleicht noch in meinen ersten Schilderungen verhaftet und suchst nach Antworten auf verschiedene Fragen. Auch hier rate ich dir, es bleiben zu lassen. Für's erste reicht es, meine einleitenden Ausführungen im Hinterkopf zu behalten und dich auf meine Frage zu konzentrieren, die da lautet: Wo finde ich den 1010100 1110101 1110010 1101101?«

Ich gebe zu, dass ich mich wie vor den Kopf gestoßen fühlte. So viele Worte so unerwartet aus Bills Mund zu hören, kam überraschend. Und er hatte Recht: Seine Bemerkungen über seine Herkunft hatten in meinem Kopf eine Weiche gestellt, die den Zug meines Verstehens vom geraden Weg in eine andere, unbekannte und möglicherweise gefährliche Gegend lenkte. Er hatte das geahnt oder gewusst und mir dem Himmel sei Dank erspart, mich schon jetzt mit den Einzelheiten seiner Herkunft zu beschäftigen. Sie sprengten tatsächlich mein Verständnis. Konnte ich ihm glauben? Konnte ihm irgendwer glauben? Das klang doch eher verrückt als glaubwürdig! Es erinnerte mich aber an einen Beitrag aus einer Zeitschrift, den ich vor einigen Jahren gelesen hatte. Unsere Welt könne eine dreidimensionale Projektion einer zweidimensionalen Sphäre sein, hatte es dort geheißen. Dieses holografische Prinzip war ein Gedankenspiel, eine Vision, die es verstand, einige Ungereimtheiten, das Universum betreffend, auszuräumen. Beispielsweise wurde für diese Vision keine dunkle Materie benötigt, um das Masseproblem im Universum zu erklären. Wenn ich mich recht erinnere, dann nahm man dieses Gedankenspiel nicht für voll, obwohl die dahinter stehende Mathematik schlüssig ist. Man hatte Argumente dagegen, aber vor allem keine Beweise dafür, man fühlte sich nicht glücklich damit, weil wieder andere Voraussetzungen notwendig waren, um die Welt zu erklären. Die Wissenschaft aber hält, wie alle konservative Gesellschaften, so lange wie möglich am Bisherigen fest und liebt einfache Lösungen. Während Bills Schilderung bemühte ich mich daher, ihm nicht nur inhaltlich zu folgen, sondern auch Hinweise für seinen Geisteszustand zu finden. Die Fachleute im Fernsehen gestikulierten für gewöhnlich ausschweifend und rissen bei ihren Schilderungen dieses Gedankenspiels die Augen auf, als hätten sie sie nicht alle. Bill aber hatte mir alles mit dem Ausdruck größter Selbstsicherheit vorgetragen, ohne ein abschwächendes Lächeln, ohne mit der Wimper zu zucken. Doch gerade das erschien mir verdächtig, denn Lügner starren dich an, während sie lügen. Sie versuchen, sich an ihre Lüge zu erinnern, um sich nicht zu verzetteln, falls sie sie bereits mehrfach erzählt haben. So wie Bill mir seine Geschichte erzählte, wirkte er wie ein Lügner. Allerdings hatte er mich bisher immer angestarrt, wenn er etwas zu sagen hatte, das fiel mir jetzt wieder ein. Vielleicht wirkte sein Starren nur deshalb befremdlich auf mich, weil seine Rede so lang gewesen war. Sollte er mir also doch die Wahrheit gesagt haben? Ungewöhnlich war er mir doch vom ersten Moment an vorgekommen. Das konnte aber nicht darüber hinwegtäuschen, dass ich ihm seine Frage nicht würde beantworten können. Aber gut!

»Was soll 10101... oder so ähnlich sein?«, fragte ich ihn.

»Oh, entschuldige. Ich meinte den Turm. Gelegentlich verfalle ich noch in Binärcode.«

Du lieber Himmel! Was sollte ich mir noch anhören müssen, bloß weil ich auf sein Gold scharf war?

»Du suchst den Turm? Welchen denn? Davon sind etliche über das ganze Land verstreut.«

Er blickte mich mit einem schiefen Grinsen an. Offenbar hatte er sein Ziel für eindeutig gehalten und war jetzt ins Schlingern geraten. Ob es denn ein solches Bauwerk auch in der Nähe gebe, wollte er wissen.

Ich legte meinen Zeigefinger an die Lippen und blickte zur Decke. Ich ließ mich sogar in meinen Stuhl zurücksinken und wartete einen Moment, bevor ich antwortete. Denn eines stand für mich fest: Von meiner Antwort hinge alles Weitere ab. Er kannte sich nicht aus und würde meinem Rat sicher blind vertrauen. Mein Rat aber sollte ihn ein wenig auf die Reise schicken, ihn aber auch unverrichteter Dinge wieder zurückkehren lassen. Mir war egal, welche Dinge das sein würden, wichtig war nur, dass sie unverrichtet blieben. So müsste er einen weiteren Tag bei mir übernachten, und ich würde mehr von dem bekommen, was in seiner Manteltasche klirrte. Ich war mir nicht sicher, wie oft ich dieses Spielchen mit ihm würde treiben können, aber ein- oder zweimal sollte es bestimmt möglich sein.

»Ich denke, du solltest zuerst die Stadt in südlicher Richtung verlassen und dort einen Weg den Berg hinauf nehmen. Dort oben steht einer der drei Türme, die mir spontan einfallen. Ich schreibe dir ein paar Hinweise auf, damit du ihn auch findest oder jemanden unterwegs fragen kannst.«

Er verfolgte aufmerksam, wie ich ihm ein paar Notizen auf einen Zettel kritzelte. Ich suchte auch eine geeignete Busverbindung heraus, überließ ihm meine Monatskarte, die in der ganzen Stadt und ihrer näheren Umgebung galt, und schärfte ihm ein, dass er jederzeit zurückkommen könne. Denn ob es sich bei diesem Turm um den von ihm gesuchten handelte, müsse sich erst herausstellen. Darin pflichtete er mir bei.

Er erhob sich, ergriff seine beiden Koffer, wünschte mir alles Gute und schlurfte hinaus auf den Flur.

»Du willst doch nicht jetzt dorthin fahren«, meinte ich. Obwohl der Turm noch auf dem Stadtgebiet lag, bräuchte er mit dem Fußmarsch den Berg hinauf bestimmt gute zwei Stunden, um ihn zu erreichen. Wenn er dann auch noch eine Weile herumsuchen müsse, sei es schon fast dunkel, die Gefahr, sich zu verlaufen, ungleich größer als bei Tag und die Wahrscheinlichkeit, auf dem Weg jemanden zu treffen, den er gegebenenfalls fragen könne, äußerst gering. Vor allem aber käme er dann nicht mehr zurück, weil die Straßenbahnen schon längst den Dienst eingestellt hätten. Um wie viel Uhr sein Kontakt denn vor Ort sein wolle? Gegen Mittag, meinte er, und ich entgegnete, der heutige Mittag sei doch schon lange vorbei und darum solle er sein Vorhaben besser morgen in Angriff nehmen.

Das überzeugte ihn. Er setzte die Koffer wieder ab. Was er stattdessen tun könne? Ich schlug ihm einen ruhigen Abend mit dem Fernseher vor. Er solle sich danach richtig ausschlafen und könne dann morgen in der Frühe aufbrechen. Die Idee gefiel ihm, aber wenn ich geglaubt hatte, im Laufe des Abends mehr über ihn, seine Herkunft oder auch nur über seine Mission zu erfahren, so sollte ich mich getäuscht haben. Kaum lief die Kiste, verfiel er in eine Art Hypnose, wie man sie auch bei kleinen Kindern vor dem Fernseher beobachten kann. Das Ding habe von seiner Funktion her erstaunliche Ähnlichkeit mit seiner Welt, murmelte er. Allerdings sei Ursache und Wirkung gerade verkehrt herum, murmelte er auch noch.

Von da an wechselte Bill unablässig die Sender. Es schien, als werde er in irgendeiner Form aufgeladen, als sauge er etwas aus dem Gerät heraus. Dabei schienen ihn vor allem Beiträge über all unsere Gräueltaten zu faszinieren. Meine vorsichtigen Anmerkungen und Fragen überhörte er völlig, ja er bewegte sich auch nicht, nicht einmal ein Augenblinzeln konnte ich feststellen, obwohl es hätte geschehen sein könnte, denn ich vermied es bald, ihn länger zu beobachten. Nach vielleicht drei Stunden ging ich zu Bett, wachte mitten in der Nacht auf und stellte fest, dass auch Bill sich zurückgezogen hatte. Der Fernseher war aber noch warm.

Quant Vier

Auf dem Gang wird es laut. Eine Gruppe junger Angetrunkener hat sich vor Henrys Knast zusammengerottet. Es ist die Brut einiger Reicher an Bord, die das Privileg, hier zu sein, ausgiebig nutzen. Sie tun so, als sei der Krieg vorbei und sie könnten die Welt unter sich aufteilen.

Sie pöbeln und grölen. Jetzt helfe Henry sein Geld auch nichts mehr, es sei ihm Recht geschehen, er könne ja einen von seinen KI-Robotern zu Hilfe rufen, er habe die Freundin eines anderen angebaggert. Ich höre das Lachen der leicht zu Beeindruckenden vom Shuffleboard.

Sie hätten ja jetzt ihren Spaß gehabt, sagt der Wachmann schließlich beruhigend. Aber die Rotte will mehr, will am Ende Blut sehen. Das könne er nicht zulassen, erklärt der Wachmann. Ob Henry schon versucht habe, ihn zu bestechen, will einer wissen und braucht für die Frage in seiner Trunkenheit mehrere Anläufe. Das will der Wachmann nicht gehört haben. Daraufhin will einer Henry das Maul stopfen, weil einer der zu Schaden gekommenen Matrosen sein Kumpel sei. Jetzt wird der Wachmann ungehalten. Sie sollten verschwinden, sonst müsse er Verstärkung rufen. Womit denn, womit denn will ein anderer wissen, und ich kann aus der folgenden Hektik schließen, dass sie dem Mann sein Funkgerät weggenommen haben und es sich jetzt gegenseitig zuwerfen, der Wachmann aber versucht, es zu erhaschen, was ihm nicht gelingt oder besser, was ihm fast gelungen wäre, aber leider auf den Boden fällt und dort Schaden nimmt.

Sofort endet die Hektik, das Keuchen verstummt, gestammelte Entschuldigungen können das Geschehene nicht ungeschehen machen. Der Wachmann scheint die Einzelteile aufzusammeln, die Rotte verzieht sich. Der Wachmann flucht und betätigt eines der überall im Schiff an die Wand geschraubten Geräte, um den Vorfall zu melden. Man möge ihm ein Ersatzgerät bringen. Offenbar ist ein Kollege von ihm in der Nähe und trifft wenige Minuten später ein. Der Wachmann ist immer noch außer sich. So was komme vor, sagt der Kollege und verschwindet wieder.

Es dauert eine Weile, bis der Wachmann seine Fassung wiederfindet. Henry hat das abgewartet, und fährt dann mit seiner Erzählung fort.

Dichte

Am nächsten Morgen verließ Bill die Wohnung ohne Frühstück, denn ich hatte ja noch nichts besorgt. Er werde sich unterwegs verpflegen. Vom Fenster aus verfolgte ich, wie er mit seinen beiden Koffern den Weg zur nächsten Haltestelle einschlug.

Der Fernsehabend hatte mir gezeigt, wie wenig er von unserer Welt wusste. Fast wollte ich ihn auf seiner Reise begleiten oder zumindest beobachten, fühlte mich hierfür aber nicht genug vorbereitet. Vielleicht beim nächsten Mal. Bill würde zurückkommen, weil ich ihn ins Leere geschickt hatte. Denn dieser Turm auf dem Berg existierte schon lange nicht mehr und war gegen ein Hotel der Kette **I**nfinit **N**umber **O**f **R**ooms ausgetauscht worden.

Bevor Bill nach draußen gegangen war, hatte er darauf bestanden, das Zimmer für alle Fälle im Voraus zu bezahlen und mir ein zweites Goldstück hingelegt. Es war sogar etwas größer als das erste. Meine Briefwaage bestätigte meine Vermutung. Beide Stücke zusammen wogen fast achtzig Gramm. Ich war gespannt, wie viel ich dafür bekommen würde. Auch deshalb konnte ich ihn nicht begleiten. Ich hatte Wichtigeres zu tun.

Weil ich ihm mein Monatsticket überlassen hatte, kaufte ich mir einen Einzelfahrschein. Man könnte vielleicht denken, es sei voreilig gewesen, ihm das Ticket zu geben, aber zum Einen konnte ich mir nach dem Verkauf des Goldes leicht ein neues besorgen, falls er damit stiften ging. Vor allem aber sah ich darin eine vertrauensbildende Maßnahme.

Es fällt Menschen nicht so leicht, das in sie gesetzte Vertrauen zu missbrauchen, es sei denn, sie sind skrupellos genug. Bill schätzte ich ganz und gar nicht so ein. Selbst wenn er sein Ziel verfehlte, wovon ich ja ausging, würde er mir brav mein Ticket zurückbringen. Eine weitere Nacht wäre dann zu bezahlen und so weiter und so weiter.

Als vertrauensbildende Maßnahme ist es sogar noch effektiver, einen Fremden um eine Kleinigkeit zu bitten. Das klingt verrückt, aber es funktioniert.

Menschen wollen offenbar in sich stimmig erscheinen. Wenn man sie zum Beispiel um ein Taschentuch oder einen Kugelschreiber bittet, also wirklich um Kleinigkeiten, die nicht weh tun, dann geben sie hinterher um so bereitwilliger mehr, weil sie bereits den Eindruck eines Gebers erweckt haben, und den wollen sie nicht gleich wieder trüben. Das Ganze funktioniert aber auch umgekehrt, indem man etwas Unmögliches verlangt und dann etwas viel Einfacheres, das man eigentlich haben will. Nun, das sind natürlich keine fairen Methoden, aber ist das Leben immer fair? Man erwirbt keine interessanten Objekte, wenn man immer fair bleibt!

Ich erreichte einen Goldschmied in einer kleinen Nebenstraße. Ausgesucht hatte ich ihn mir, weil ich von den schlechten Preisen der Ankäufern mit den riesigen Hinweisschildern am Bahnhof wusste. Da sind jede Menge Gauner unterwegs, die die mitgebrachte Ware bis zur Lächerlichkeit herabwürdigen und dann noch behaupten, sie müssten ja auch etwas daran verdienen. Ja, verdienen sollen sie, aber nicht das Doppelte von dem, was sie mir bezahlt haben! Viel wichtiger aber war es, dass man mich hier draußen nicht kannte und deshalb nicht mit Leuten plaudern konnte, die mich kannten und deshalb diese Sache nicht über mich wissen sollten. Der kleine Goldschmied in der Nebenstraße pries seine Dienste nicht mit kopfgroßen goldenen Lettern an und hatte keine Bilder von Diamanten, Münzen und Goldbarren auf sein Schaufenster geklebt, als könnten seine Kunden nicht lesen. Aber gut!

Es klingelte bei meinem Eintritt weder zu schrill noch zu dumpf, weder zu laut noch zu leise. Es klingelte vertrauenerweckend wie ich es bei allem, was mit Geld und Gold zu tun hat, erwarte. Das Halbdunkel im Laden irritierte die Auge nicht. Das Licht spiegelte sich nur mäßig im ausliegenden Geschmeide. Kaum war ich eingetreten, erschien ein Mann in Hemd, Hose und Weste hinter einem Vorhang. Um die Hüften trug er eine Lederschürze. Die Ärmel des Hemdes waren bis zu den Ellbogen mit schwarzen Stulpen bedeckt. Ich schätzte ihn auf Mitte fünfzig, wobei seine Halbglatze ihn älter aussehen ließ.

Ich rückte sofort mit meinem Wunsch heraus. Dafür sei seine Frau zuständig, erklärte er, verschwand hinter dem Vorhang ins Hinterzimmer woraufhin seine Frau so prompt wie bei einem Wetterhäuschen erschien. Das Knorrige des Mannes fehlte ihr völlig, dabei war sie genau so groß wie er, aber rund und füllig mit einem gutmütigen Gesicht.

Ich hielt ihr meine beiden Goldklumpen hin. Sie fragte gar nicht erst, ob sie eine Abriebprobe nehmen oder gar

Säure verwenden dürfte. Die Halunken am Bahnhof hätten nichts Eiligeres zu tun gehabt, weil damit allenfalls eine annähernde Wertschätzung gemacht werden konnte, das Prozedere aber geeignet war, den Kunden zu beeindrucken und zu überrumpeln. Sie bat um zehn Minuten, verschwand hinter dem Vorhang, was mich irritierte, aber ihr Mann betrat wieder den Verkaufsraum. Man kannte mich nicht und war vorsichtig.

Der Mann gab vor, an der Theke etwas zu erledigen, setzte mich aber auch in ruhigem Ton über die Vorgänge im Hinterzimmer in Kenntnis. Seine Frau würde die beiden Klumpen jeweils an einen sehr dünnen Faden binden und in ein Gefäß mit Wasser hängen. Jeder Klumpen verdränge eine bestimmte Menge Wasser, wodurch sein Volumen bestimmt werde. Anschließend würden beide Klumpen einzeln ohne Faden gewogen und die Dichte des Materials ermittelt. Aus einer Liste könne dann der Goldgehalt abgelesen werden. Da alle Messungen im mehrstelligen Nachkommabereich lägen, müssten sie sehr sorgfältig auf einer schweren Präzisionswaage im Hinterzimmer durchgeführt werden. Ich lauschte seinen Worten, wie einem langen Mantra, seltsam versunken, fast hypnotisiert, so dass der Umstand des mitgemessenen Fadens und die damit eingebaute Ungenauigkeit des Volumens zu meinen Ungunsten lediglich irgendwo in meinem Unterbewusstsein ein Plätzchen fand. Nach etwas mehr als neun Minuten kehrte die Frau zurück.

Quant Fünf

Ich unterbreche Henry mit der Bemerkung, dass mir das zuletzt Gesagte wie eine seiner angekündigten Abschweifungen vorkomme. Er hält inne und gibt mir dann teilweise Recht. Er habe sich tatsächlich etwas hinreißen lassen, doch das könne mir seinen damaligen Zustand verdeutlichen. Geld habe für ihn immer eine Art Freiheit bedeutet. Mit dem Glauben, so wolle er es einmal nennen, dass Geld frei mache, stünde er aber nicht alleine. Dieser Glaube sei jedoch in jeder Hinsicht trügerisch. Denn um an Geld zu kommen, müsse man sich in der Regel zu etwas verpflichten, sei es zur Arbeit oder zur Beihilfe an einem Verbrechen. Anschließend werde ein Großteil der Energie darauf verwendet, den erworbenen Reichtum zu bewahren, zu schützen oder zu verstecken. Und wer einfach so zu Geld gekommen sei, schotte sich in der Regel von der Gesellschaft ab, um nicht als vermögend aufzufallen. Von Freiheit könne dann wohl auch hier nicht die Rede sein. Auch ein goldener Käfig bleibe ein Käfig.

Er weiß, wovon er spricht. Trotzdem entgegne ich, dass ein Käfig aus purem Gold doch sehr weiche Gitterstäbe habe.

Der goldene Käfig sei doch nur ein Bild für das Eingesperrtsein, für die Markierung einer Grenze zwischen Innen und Außen, ganz gleich, wie leicht oder schwer sie zu überwinden sei, stöhnt Henry. Entscheidend sei, ob man die Stäbe als solche akzeptiere und damit ihre Unüberwindlichkeit. Seine aktuelle Unterkunft beispielsweise wirke zwar formal wie ein Gefängnis, obwohl ihr die übliche Trostlosigkeit fehle. Es gebe aber keine Gitter, und er sei davon überzeugt, dass er seinen Bewacher weit über das schickliche Maß hinaus für seine Bedürfnisse einspannen könne. Trotzdem erfülle sie ihren Zweck, falls er ihn akzeptiere. Tatsächlich sehe er sich aber weniger als Gefangenen denn als im Strom der Zeit Aufgehaltenen.

Ob er sich nun als Gefangenen oder Aufgehaltenen betrachte, meine Neugier bliebe im Moment jedenfalls etwas auf der Strecke, und ich hätte mich nur zu Wort gemeldet, weil Henry mich darum gebeten habe. Aber da wir gerade bei dem Thema seien, so wolle ich anmerken, dass es vielen Menschen weniger um das Geld an sich ginge als um die damit verbundene Macht.

Auch das sei ein Holzweg, flüstert Henry. Jede Macht sei bloß geliehen und existiere nur mit Einverständnis oder vorübergehender Ohnmacht anderer. Die erhoffte Freiheit existiere also allenfalls innerhalb der strengen Bedingungen, die zu ihrer Entstehung beigetragen hatten, und sei ständig vom Wegfall dieser Bedingungen bedroht.

Dann sei der aktuelle Kampf der Mächtigen dort draußen um die Vormacht auf dem Planeten eine Sackgasse, konstatiere ich.

Hierin liege der Wahnsinn, den er durch Bill erfahren habe, flüstert Henry. Ob ich vielleicht neugierig sei, warum der verschlungene Weg mit all seinen Verlockungen, die nur scheinbar in die Freiheit führen, uns aber in schöner Regelmäßigkeit in die größten Schwierigkeiten bringen, dennoch letztlich Freiheit bedeute? Im Grunde stecke dahinter auch die Antwort auf die Frage an Gott, warum er all das Schreckliche in dieser Welt überhaupt zulasse.

Jetzt bin ich natürlich wieder neugierig. Im Grunde amüsiert es mich aber, dass er so engagiert ist. Wie hatte er sich nur all diese Einzelheiten wie zum Beispiel diesen Binärcode merken können? Ich habe schon Schwierigkeiten, meine Postleitzahl zu behalten. Aber vielleicht hatte er ihn später im Netz nachgeschlagen und auswendiggelernt. Ich werde ihn also weiter erzählen lassen in der Hoffnung, dass das Geld- und Goldthema sich nun erschöpft hat.

Plan B

3.495 Euro wollte des Goldschmieds Weib geben, und ich war damit einverstanden. Routiniert zählte sie mir das Geld vor, bedankte sich mit einem strahlenden Lächeln und wartete, bis ich den Laden verlassen hatte. Nachdem die Tür ins Schloss gefallen war, hörte ich nach ein paar Schritten, wie die Ladentür abgeschlossen wurde. Das Geöffnet-Schild wendete sich zum Geschlossen-Schild. Nur wenn noch die Gitterjalousien herabgelassen worden wären, hätte ich mich mehr gewundert.

Mit dem Geld in der Tasche und dem Gefühl, irgendwie überrumpelt worden zu sein, wollte ich nicht lange herumlaufen, steuerte eine Bank an und zahlte einen Großteil davon ein. Hinter mir wurde abgeschlossen. Vom Kirchturm her läutete es eins.

Im Supermarkt bei mir um die Ecke war es nicht sonderlich voll. Mir war die überschaubare Kundschaft gerade recht. Die Verkäuferinnen füllten die Bestände auf und kümmerten sich daher nicht um mich. Zum Einkaufen brauche ich keinen Notizzettel. Ich weiß immer, was mir fehlt, und nur ganz selten sammel ich etwas ein, was über das Fehlende hinausgeht. Ich kenne die Tricks der Märkte und bin fast nie hungrig, wenn ich den Laden betrete.

Routiniert wollte ich in einer optimierten Linie die Gänge abfahren, aber sie hatten den Markt in der vergangenen Woche umgebaut. So sei das Einkaufserlebnis noch besser, hieß es in einer Erklärung am Eingang. Für mich bedeutete der Umbau, nach beinahe jedem Teil suchen zu müssen. Natürlich entdeckte ich so Artikel, die sonst nicht meine Willenskraft auf die Probe gestellt hätten. Mich ärgern solche durchschaubare Winkelzüge der Unternehmen, doch Bill sollte darunter nicht zu leiden haben. Wenn er zurückkehrte, und er würde zurückkehren, wäre er hungrig. Diesmal wollte ich ihm mehr bieten können als gestern. Er sollte bei Laune bleiben, sollte sich auch in den kommenden Tagen auf seine Rückkehr freuen können.

Dazu steckte ich eine der dünnen Plastiktüten aus der Gemüseabteilung ein und kaufte mir ein Paar Gummihandschuhe. Dann drückte ich mich vor dem Laden herum, bis ich es wagte, den Platz dahinter zu betreten. Es war eine andere Welt, eine Welt voller beißender Gerüche und Insekten. Von den Mülltonnen ging Wärme aus, und entgegen meiner Befürchtung waren sie nicht mit Schlössern gesichert. Ich hielt mir die Hand vor die Nase, als könnte das verhindern, was allenfalls eine Schutzmaske hätte verhindern können. Fliegen summten mir entgegen, Gestank schlug mir entgegen.

Ich streifte einen der Handschuhe über und griff beherzt in das Gewühl. Weich war es dort und je tiefer ich griff, desto wärmer wurde es. Ich zog die geballte Hand wieder heraus und hatte wirklich Übles erbeutet. Ich ließ es zusammen mit dem Handschuh in der dünnen Plastiktüte verschwinden.

Als ich den Parkplatz verließ, wurde die Tür zum Lager des Marktes geöffnet. Niemand hatte mich gesehen, und ich würde niemandem von meinem Besuch erzählen. Die

Fassaden der angrenzenden Häuser waren fensterlos, es gab keine Zeugen.

Zu Hause stellte ich wieder zwei Teller auf den Küchentisch. Den ersten füllte ich mit einwandfreier Ware, auf den zweiten legte ich die verknotete, und jetzt von Faulgasen aufgeblähte Plastiktüte.

Ich begab mich in Wohnzimmer 2. Dieses Wohnzimmer war der eigentliche Grund, weshalb ich die Wohnung bezogen hatte. Der helle, hohe und große Raum hatte mir schon beim ersten Betreten den Atem geraubt.

Der Vormieter war Maler gewesen und in dieser Wohnung gestorben. Seine Erben hatten eine Staffelei nebst fertig grundierter Leinwand im Kabuff vergessen. Beides hatte ich in diesem Raum drapiert. Ich setzte mich in einen Sessel und starrte auf die weiße Fläche. Mir kam Bills Schilderung seiner Welt als einer Fläche in den Sinn. Bilder sind auch Projektionen eines Geistes oder eines Geisteszustandes. Zumindest wird das von Kunstkennern behauptet. Ich muss mich oft genug über die Ergüsse dieser Kenner wundern. Die hochtrabenden, aufgeblasenen Deutungen kann ich nicht nachvollziehen. Wenn Sie schon einmal in einem Katalog zu einer Ausstellung zeitgenössischer Kunst gelesen haben, werden Sie wissen, was ich meine. Es ist schon erstaunlich, wie viel Bedeutung solchen Worten beigemessen wird, wo es doch das Bild sein soll, das sich offenbart. Aber ohne Deutung, ohne intellektuellen Unter- oder Überbau, ohne in einer Tradition zu stehen, ist es praktisch wertlos. So wird es zumindest behauptet. Das führt dazu, dass Bilder nicht mehr gesehen werden, sondern von ausgewiesenen Fachleuten beschrieben werden. Damit will ich nicht sagen, dass sich ein Bild auf den ersten Blick erschließen muss. Im Extremfall, wenn das Bild genau das zeigt, was man auf diesen ersten Blick sieht, wäre es Kitsch. Ein paar der Bilder meines Vormieters habe ich als Kunstdrucke erstanden und sie sind so komplex, dass ich immer wieder Neues darin entdecke. Als ich das zum ersten Mal bemerkte, war ich ganz aus dem Häuschen gewesen. Wir alle wissen, dass auf Bildern manchmal Gesichter zu sehen sind, die der Maler gar nicht gemalt hat. Es ist unser Gehirn, das ständig auf der Suche nach Bekanntem ist. Dabei hat es sich auf Gesichter spezialisiert und sieht sie überall dort, wo auch nur minimale Voraussetzungen dafür gegeben sind. Ich will hier nicht ins Detail gehen, denn wir kennen das Phänomen der Pareidolie, und die Maler versuchen, es möglichst zu vermeiden. Aber gut!

Mit diesen Gedanken war ich in die Welt zwischen Wachen und Schlafen eingetreten. Ein innerer Bilderstrom, zusammenhanglos und voll überraschender Wechsel, wurde plötzlich durch das Geräusch eines stochernden Schlüssels an der Tür unterbrochen. Draußen brannten bereits die Straßenlaternen, hier drinnen glühten nur die Standby-Lämpchen der Elektrogeräte. Und so wurde ich selbst zum Opfer einer Pareidolie. Sie bestand aus der leeren Leinwand, einem Fenster und einem schwarzen Strich im Hintergrund dazwischen. Der schwarze Strich entpuppte sich als eben jener Stockschirm, den die Frau von vor zwei Wochen in meiner Wohnung vergessen hatte.

Jetzt hatte der Schlüssel zugepackt, und als die Tür aufschwang, machte ich im Korridor Licht. Geblendet von der plötzlichen Helligkeit kniff ich die Augen zusammen und erkannte, wie Bill seinen Koffer abstellte, die Tür zu drückte und sich zu mir umdrehte. Sofort stach mir sein gelber Schlips ins Auge und ja, auch seine Schuhe waren neu.

»Du hast nicht gefunden, was du suchst?«, fragte ich.

»Leider nicht«, antwortete er. »Damit will ich aber nicht sagen, dass es sich nicht gelohnt hätte. Hast du etwas zum Essen im Haus?«

Ich präsentierte ihm meine Teller, und er machte sich über die verknotete Tüte her. Da ich das nicht mit ansehen mochte, ging ich auf den Balkon zum Hinterhof. Wo verdammt nochmal war der zweite Koffer?

Bill hatte ihn weder verloren, noch war er ihm gestohlen worden, erklärte er später. Er hatte den Inhalt auf seiner Reise verteilt und den leeren Koffer schließlich einem Obdachlosen geschenkt. Ich überschlug im Geiste das Vermögen, das er nach eigenen Angaben für Kleinigkeiten bezahlt hatte. Ein Sandwich, eine Flasche Wasser, eine Eintrittskarte, einen Fischerhut, den er zusammengeknüllt in seinem Mantel aufbewahrte, einen Stock, der ihm das Gehen mit nur einem Koffer erleichtert hatte, den er aber in einem Bus vergessen hatte, worauf ich ihm den gerade gefundenen Stockschirm überließ, eine Zeitung, ein Fernglas und natürlich den Schlips nebst Schuhen. Für jedes dieser Dinge hatte er einen Goldklumpen herausgerückt. Er hatte damit Heiterkeit erzeugt, und das hatte ihn so gefreut, dass er auch den Leuten, die er bloß nach dem Weg fragte, einen Klumpen für ihre Antwort gegeben hatte.

Mir lief es heiß und kalt den Rücken hinunter. Was für eine Verschwendung! Im Vergleich kam mir der Klumpen für die Miete jetzt schäbig vor, aber eigentlich hatte ich Angst, dass für mich nichts mehr übrig bleiben würde.

Wenn er so durchs Land gezogen war, dann stand auch zu befürchten, dass Gesindel sein Treiben bemerkt hatte und ihm bis zu meinem Haus gefolgt war.

Ich stellte mich ans Fenster zur Straße. Zwei Laternen erhellten die nächtliche Szenerie, doch verdächtige Personen würden nicht auffällig vor dem Hause patrouillieren oder die Fenster absuchen. Zumindest hielten sie sich im tiefsten Schatten auf, dort, wo das Licht der Laternen nicht hinreichte. Eine solche Stelle befand sich etwas weiter links vom Haus. Dort waren auch große Büsche, und mitten in diesem Pflanzendunkel sah ich plötzlich etwas glimmen. Eine Zigarette! Eine Rauchwolke trieb träge in den Schein einer Laterne zwischen allerhand Insekten. Dann sah ich die Glut fallen, dann löste sich eine Silhouette. Ich habe einige Übung, und darum erkannte ich an der Art ihrer Bewegung, dass es die einer Frau war. Langsam entfernte sie sich mit hell klickenden Absätzen, bis ich sie nur hätte weiter beobachten können, wenn ich mich aus dem geöffneten Fenster gelehnt hätte.

Ich schloss die Wohnungstür ab, hängte auch die Kette ein und kehrte zu Bill in die Küche zurück.

»Du solltest vorsichtiger mit deinem Gold sein«, riet ich ihm und bot ihm etwas von meinem Bargeld zum Tausch an. Das sei sicherer, und, auf seine Frage, auch damit könne er die Menschen glücklich machen. Ich gestehe, das ich ihn mit meinem Angebot grob übervorteilte. Zu meiner Freude willigte er mit einem dicken Klumpen aus seiner Manteltasche in den Tausch ein.

Er brauche auch nicht für jede Kleinigkeit zu bezahlen, verriet ich ihm. Für sehr viele sei gefragt zu werden bereits Lohn genug.

Das stimme nur auf den ersten, flüchtigen Blick, entgegnete Bill, denn die Qualität der Antwort ließe sich entweder durch Bezahlung oder aber durch ein gepflegtes Äußeres des Fragenden erheblich steigern. Er habe sich zunächst für das Bezahlen entschieden, aber schon mit neuen Schuhen habe er den Einsatz drastisch reduzieren können. Als schließlich der neue Schlips am Halse hing, sei ein wenig goldene Unterstützung nur noch bei denen nötig gewesen, die von seiner Freigebigkeit gehört hatten. Wäre er aber eine schöne Frau, dann stünden ihm bestimmt alle Türen offen. Als Mann müsse er sich zum Beispiel die langen Haare waschen, um nicht als ungepflegt zu gelten. Eine schöne Frau hingegen bräuchte ihre langen, dreckigen Haare bloß am Hinterkopf zusammenzuknoten, um frisiert zu sein.

Genau das hatte Simone einmal mit ihren Haaren gemacht, als sie verschwitzt mit ihrem Neffen vom Kinderspielplatz zurückgekehrt war. Da ich sie bei dieser Frisurverwandlung nicht beobachtet hatte, fiel es mir schwer, Simone sofort wiederzuerkennen. Offenbar habe ich da ein Defizit. Aber gut!

Bill jedoch entgegnete ich, dass selbst schönste Frauen in unserer Gesellschaft vor ganz anderen, tieferen Problemen stünden als jeder Mann. Die proklamierte Gleichberechtigung der Geschlechter sei selbst heute noch weitgehend ein Lippenbekenntnis der herrschenden weißen Männer, die sich aus Angst vor echtem Verständnis vorzugsweise unter ihresgleichen und in Hinterzimmern an Inhalten und Zusammenhängen sogenannter Herrenwitze orientierten. Bill war beeindruckt, denn er hatte sich gefragt, wie und wo manche der zwar alkoholgeschwängerten, aber dennoch wegweisenden Ideen in unseren Gesellschaften entstanden waren.

Da er vor Ort statt eines Turms nur ein sehr interessantes Hotel vorgefunden habe und seinen Kontakt nicht habe treffen können, vermutete er, dass er einen anderen Ort finden müsse. Eine kurze Recherche im Netz ergab, wo im Umland die zwei echten Türme standen. Er wollte am kommenden Tag einen der beiden aufsuchen. Diesmal schickte ich ihn nicht in die Irre, sondern plante für ihn eine komplizierte Route, die ihn erst weit nach Mittag sein Ziel erreichen ließ, in der Hoffnung, sein Kontakt werde nicht so lange auf ihn warten. Nur um sicher zu gehen, dass mein Plan aufging, wollte ich ihm unauffällig folgen.

Quant Sechs

Auf dem Gang höre ich eine neue Stimme. Der Wachmann scheint beruhigt zu sein, dass sie da ist. Dann höre ich ein Schlüsselbund klimpern, dann wird Henrys Tür aufgesperrt. Der Wachmann erklärt ihm, er sei über das ununterbrochene Gewisper beunruhigt und habe den Schiffsarzt kommen lassen, damit der sich von Henrys Zustand überzeugen kann.

Die andere, sehr weiche Stimme fragt Henry ein wenig aus und bietet ihm Hilfe an, falls er sich der Situation nicht gewachsen fühlt. Henry scheint empört. Er habe keinerlei Beschwerden. Der Arzt empfiehlt eine Beruhigungsspritze. Henry könne danach viel leichter einschlafen. Auch davon will Henry nichts wissen. Er sei entgegen dem Anschein, den er gemacht habe, nicht gewalttätig. Seine Monologe dienten lediglich dazu, sich seiner Situation bewusst zu werden. Das sei gut, antwortet die weiche Stimme. Mit sich selbst zu reden sei wie mit jemand anderem zu reden, denn das Gehirn höre immer mit und merke den Unterschied nicht. Dann möge man ihn in Ruhe lassen, ruft Henry. Er empfiehlt den beiden, ihm diese Spritze nicht ohne sein Einverständnis zu setzen. Er werde sie und die Gesellschaft, der sie dienten, mit Klagen überziehen, sollten sie es wagen, ihn gegen seinen Willen zu betäuben.

Das scheint die beiden zu entmutigen. Der Arzt versichert, dass sie nichts dergleichen vorhaben, und drängt den Wachmann, den Gefangenen wieder sich selbst zu überlassen.

Die Kabine wird wieder verschlossen, dann folgt noch ein wenig Geflüster auf dem Gang, dem ich entnehme, dass der Arzt den Wachmann davon überzeugt, dass man hier wirklich nichts machen könne, aber auch, dass der Wachmann sowohl richtig gehandelt als auch nichts zu befürchten habe. Der Gefangene sei wohlauf.

Nachdem der Arzt verschwunden ist, fährt Henry mit seiner Erzählung fort und ich kann mir vorstellen, wie es dem Wachmann draußen auf dem Gang geht, als sein Gewisper einsetzt.

Der Vogeleffekt

Die Nacht verlief ereignislos, trotzdem kam ich nicht in den Schlaf. Mit einem Ohr war ich ständig an der Wohnungstür, denn der Gedanke an Verfolger ging mir nicht aus dem Kopf. Schließlich fiel ich doch in einen leichten Schlaf, wachte aber auf, als ich Bill gegen halb sieben in seinem Zimmer hantieren hörte. Ich verließ meines, und da stand er schon an der Tür, den Koffer neben sich. Im Stillen hatte ich gehofft, er würde ihn hier lassen. Andererseits, wenn er fände, was er suchte, hätte er nur deswegen wiederkommen müssen, und so hatte ich meine Hoffnung als töricht abgetan.

»Dann versuche ich mal mein Glück«, meinte er, und ich hob aufmunternd beide Daumen, obwohl sein früher Aufbruch meinen Kontaktverfehlungsplan zu vereiteln drohte. Mit einer kaum wahrnehmbaren, aber eleganten Bewegung hielt er mir einen Goldklumpen in der Form hin, dass er mir in meine darunter gehaltene Hand gefallen wäre. Ich kann nicht mehr sagen, warum, aber ich grapschte nach seiner Hand, die er geradezu panisch zurückzuziehen versuchte, die ich aber umklammert hielt, so dass wir sekundenlang in einem stummen Gehakel verbunden waren. Plötzlich ließen wir gleichzeitig los, und das Gold fiel schwer zu Boden.

»Du lieber Himmel«, stieß Bill hervor, und ich bezog das auf das Gold, denn ich ahnte nicht, was Bill eigentlich meinte.

Kaum war er draußen, warf ich mich in meine Kleidung. Er würde nicht weit gekommen sein, wenn ich seine Verfolgung aufnahm. Selbst bei normaler Schrittgeschwindigkeit war ich bestimmt doppelt so schnell wie er. Und richtig: Als ich die Haustür öffnete, hatte er gerade die Kreuzung erreicht.

Es ist nicht sonderlich schwer, jemanden zu beschatten, wenn der nicht damit rechnet. Wer wie Bill gemächlich dahin schlurft und sich dabei auch nicht umsieht, ist kaum aus den Augen zu verlieren. Ihn in einer größeren Menschenmenge ausfindig zu machen, sollte mich auch nicht vor große Herausforderungen stellen, denn obwohl er unscheinbar wirkte, zog die Dunkelheit seines Mantels selbst den flüchtigsten Blick auf sich.

So folgte ich ihm, dem Arglosen, in gebührendem Abstand und konnte dabei sogar einige kleinere Besorgungen machen. Es ist immer gut, Dinge miteinander zu verbinden, und deshalb habe ich mir angewöhnt, Leergänge zu vermeiden.

Als wir so, mit nichts weiter als meiner Neugier und Sorge aneinander gekoppelt, den Rand der Stadt erreichten, trug ich eine bereits halb gefüllte Plastiktüte bei mir. Darin steckte eine Zeitung, eine Flasche Wasser, ein bereits angebissenes, belegtes Brötchen, ein Schokoladenriegel, eine Packung Batterien, eine Rolle Pfefferminzbonbons und eine Rolle Packband. Sogar ein eigenes Tagesticket für die ganze Gegend hatte ich mir kaufen können, während Bill an einem Kiosk lediglich etwas Kleines erstand und dort mit seinem großen Geldschein für Verwirrung sorgte.

Nun, da wir die Stadt hinter uns gelassen hatten, musste ich etwas vorsichtiger sein, denn von nun an reduzierten sich die Möglichkeiten, mich im Hintergrund zu halten. In der Stadt hatten die Straßen die Richtung vorgegeben, das nächste Ziel in Form einer Haltestelle oder einer Kreuzung war vorhersehbar gewesen. Hier draußen aber kannte ich mich nicht aus und konnte Bills Weg daher nicht gedanklich vorwegnehmen. Er hingegen hatte meine Notizen, die er aber nicht benutzte. Offenbar hatte er sie sich schon beim ersten Überfliegen eingeprägt. Ich fragte mich, warum er sie überhaupt mitgenommen hatte.

Von nun an war Bill also mein Führer, und besonders der Überlandbus stellte mich vor große Schwierigkeiten, in Deckung zu bleiben. Nicht auszudenken, wenn er mich erblickte. Würde er mir dann noch vertrauen? Glücklicherweise öffnete der Fahrer auch die hintere Tür, so dass ich dort einsteigen und mich in die letzte Bank drücken konnte, während Bill mit seinem Koffer vorne einstieg und sich dort auf einem der Plätze niederließ.

Ich beobachtete ihn über die Rückenlehnen hinweg, um abzuschätzen, wann er seinen Aufbruch einleitete. Als er endlich die Hand zum Halteknopf ausstreckte, stellte ich mich an die hintere Tür und war schon draußen, als Bill gerade erst beim Fahrer aus dem Fahrzeug kletterte. Ich postierte mich hinter einer Hecke und wartete darauf, dass Bill seinen Weg antreten werde. Wir waren in einem dieser Vororte gestrandet, die eigentlich kleine Dörfer sind und irgendwann eingemeindet worden waren.

Bill lief die Ausfallstraße entlang. Das Gelände war übersichtlich und ich konnte es wagen, wenigstens dreihundert Meter zwischen uns zu lassen. In einer leichten Senke dann schwenkte Bill in einen Weg zwischen die Felder ein. Als ich dort ankam, hatte er bereits eine

Kuppe erklommen und war im Begriff, an einer T-Kreuzung nach links abzubiegen. Ich beschleunigte meine Schritte, da ich von hier unten nicht sehen konnte, wie der von Bill eingeschlagene Weg verlaufen würde. Von Natur aus bin ich zu Fuß immer flott unterwegs. Kürzlich erfuhr ich aus einer Studie, dass flotte Geher länger jung bleiben. Bis zu fünf Jahre kann man sein biologisches Alter senken und bis zu 16 IQ-Punkte mehr sind auch drin. Dass ich damals so getrödelt hatte lag daran, dass ich mich an Bills Tempo angepasst hatte.

An der T-Kreuzung führte der linke Weg in einem Rechtsbogen um eine Baumgruppe herum. Irgendwo dahinter musste Bill sein. Ich legte weiter an Tempo zu, der Rechtsbogen wollte kein Ende nehmen, und als er zur Geraden auslief, war Bill verschwunden.

Leider hatte ich mir nicht gemerkt, welchen der beiden Türme Bill heute ins Visier genommen hatte, und so hoffte ich, dass er am Ende der Geraden einem Wegweiser zu einem Kloster gefolgt war. Ein Kloster hatte ich zwar nicht als Ziel in Erinnerung, aber es schien mir ein guter Ort für einen Turm zu sein, und so machte ich mich auf den Weg. Aber Bill blieb bis zum Klostergelände wie auch auf dem Gelände selbst unsichtbar. Hatte er am Ende beim Wegweiser eine der anderen Richtungen eingeschlagen? Es gab auch keinen Turm auf dem Klostergelände, oder war auch er längst abgerissen?

Ich ließ mich auf eine Steinbank fallen. Das schreckte einen kleinen Vogel auf. Ich denke, es war eine Amsel. Flatternd erhob sie sich. Im nächsten Augenblick verlangsamte sich ihr Flügelschlag. Ich sah, wie sie mir im Flug ganz langsam den Kopf zuwandte. Ihr kleines, schwarzes

Auge starrte mich seltsam leblos an. Die Federn an den Flügelspitzen spreizten sich, ihr Körper verwand sich, drehte sich senkrecht in eine andere Richtung, die Schwanzfedern fächerten sich auf, ihr Schnabel öffnete sich und ein dunkles Brummen ertönte, das mir das Blut gefrieren ließ. Mit ihr schwebten aufgewirbelte Blätter und Erdklumpen umher und schienen nicht die Absicht zu haben, so bald wieder zu Boden zu fallen. Dann stand alles völlig still.

Eine bleiernen Schwere war über mich gekommen, so dass ich mich nicht rühren konnte. Bisher hatte der Wind in den Bäumen gespielt, jetzt war alles zu Korallen erstarrt und gipfelte im Anblick des kleinen Vogels, der reglos in der Luft hing. Wäre die Schwere nicht gewesen, hätte ich aufstehen und nach ihm greifen können.

Vielleicht zwanzig oder dreißig Sekunden lang, eine halbe Ewigkeit also, änderte sich nichts. Dann klingelte ein Telefon, der Vogel flog in seinem üblichen Tempo davon und ließ mich in großer Erschütterung zurück. Die Zeit verrann, die Welt drehte sich wieder, und ich hörte hell klickende Absätze. Die klangen wie die in der vergangenen Nacht, als ich auf die Straße geschaut hatte. Jetzt sah ich in einiger Entfernung eine Frau in ihr Handy sprechen. Sie war groß mit langen, dunklen Haaren und entfernte sich rauchend von mir. Sicher ein Zufall, dachte ich. Das ist nicht dieselbe Frau. Telefonierende, rauchende Frauen mit klickenden Absätzen gibt es viele. Und gestern hatte ich nur ihre dunkle Silhouette gesehen.

Den Rückweg legte ich schneller als erwartet zurück. Doch das ist nicht so ungewöhnlich, denn jetzt kannte ich ihn in voller Länge, und dann werden alle Wege kurz.

Zu Hause entspannte sich Bill im Sessel von Wohnzimmer 2 vor der leeren Leinwand. Das sonderbare Ereignis steckte mir noch in den Knochen, und im Vergleich dazu stand Bills Anwesenheit, aber auch seine Fähigkeit, mir entkommen zu sein, natürlich in keinem Verhältnis. Er schien guter Dinge zu sein. Das eingetauschte Geld habe er ausgegeben, meinte er aufgeräumt. Für seine nächste Reise brauche er wieder etwas.

Ich nickte mechanisch, denn ich war vollauf damit beschäftigt, Bills Erscheinung zu erfassen. Zum gelben Schlips und den neuen Schuhen war ein weißer Anzug mit dazugehöriger Weste gekommen. Das bisher weiße Hemd hatte er gegen ein schillernd fliederfarbenes ausgetauscht. All dies umhüllt von einem weißen Mantel, der in Größe und Schnitt dem zuvor schwarzen Mantel entsprach. Sein Gesicht sah aufgefrischt, gebräunt und glatt rasiert aus. Die gekürzten Haare waren nach hinten gekämmt, und er trug eine blau verspiegelte, sehr futuristische Brille, wie man sie im Radsport kennt. Seine Finger waren manikürt. Zu meiner Beruhigung hatte er den einen Koffer noch, doch er hatte ihn auf ein Gestell mit Rädern, ehemals wohl ein Einkaufstrolley, geschnallt.

Bis zu seinem Verschwinden waren seine Ausgaben nur gering gewesen. Also waren sie später, als er nicht mehr unter meiner Beobachtung gestanden hatte, größer oder zumindest zahlreicher geworden. Es war mir im Moment nicht möglich zu erklären, wie er sich in der relativ kurzen Zeit zu einer Art Papagallo hatte entwickeln können. Für mich war er in seinem Bemühen, ein Gesprächspartner auf Augenhöhe zu sein, über das Ziel hinausgeschossen.

»Hast du den Turm rechtzeitig gefunden?«, fragte ich.

Er nickte, schob sich die Brille über der Stirn in die Haare, und seine Beschreibung eines mir völlig fremden Ortes bewies, dass er am Wegweiser tatsächlich eine der anderen Richtungen eingeschlagen hatte. Am Turm habe er eine Weile gewartet und dann in einer langen Links-Spirale die weitere Umgebung abgesucht. Dabei sei ihm weder sein Kontakt noch sonst jemand begegnet.

»Dann seid ihr vielleicht einfach nur außer Sichtweite hintereinander hergelaufen wie Karussellpferde«, meinte ich.

Damit hätte ich sicher Recht, meinte er, denn das Universum bevorzuge die linke Richtung. Er sei überzeugt, dass sein Kontakt die gleiche Vorliebe habe.

Dann hätte er das berücksichtigen und vielleicht die Gegenrichtung oder sogar einen ganz anders gearteten Weg einschlagen sollen, warf ich ein. Mich traf ein Blick, als wäge er ab, ob er etwas preisgeben sollte.

»Es mag dir seltsam erscheinen«, sagte er schließlich, »wenn ich behaupte, dass ich genau das und noch mehr getan habe. Wie ich dir bereits sagte, komme ich aus einer Welt, die ausschließlich aus codierter Information besteht. In deiner Welt bin ich dadurch in der Lage, manche Grenzen zu überschreiten, an die du gebunden bist. Was du den einen Weg nennst, ist in Wirklichkeit das, was von allen möglichen Wegen übrig bleibt, wenn man all die Wege eliminiert, die nicht um den Turm herumführen. Ich aber bin alle Wege gegangen, wie übrigens auch das Licht oder die Evolution oder alles, was für einen Beobachter zielgerichtet zu sein scheint. Die meisten meiner Wege waren jedoch für die Umrundung des Turms bedeutungslos. Obwohl ich also für einen Beobachter lediglich um den Turm herum gegangen bin, habe ich in Wirklichkeit das ganze Areal, jeden Winkel um ihn herum abgesucht und muss davon ausgehen, dass mein Kontakt nicht vor Ort war.«

Er fixierte mich erbarmungslos.

»Aber was ist mit dir?«, fragte er. »Ist dir in meiner Abwesenheit nicht irgend etwas aufgefallen?«

Doch, schrie etwas in mir. Die ganze Welt ist stehengeblieben, und ich befürchte, verrückt zu werden!

»Was meinst du?«, fragte ich aber stattdessen.

»Irgendwelche seltsamen Ereignisse oder unlogischen Zustände? So etwas kann dem widerfahren, der mich berührt, und das hast du ja vor meiner Abreise getan«, antwortete er, und seine Augen ruhten unerbittlich auf mir.

Sollte ich ihm wirklich meine Vogelgeschichte erzählen? Damit gab ich zu, ihm gefolgt zu sein.

»Ich habe heute erlebt, wie die Zeit stehen geblieben ist«, entschied ich mich zu einer Wahrheit, die mir genügend Auswege bot.

»Dann hast du Glück gehabt, denn die Folgen einer Berührung durch mich können weitaus dramatischer sein. Ich erscheine dir zwar als ein Wesen aus deiner Welt, aber tatsächlich ist meine Verbindung zu der meinen weit enger. Dein direkter Kontakt mit mir aber kann zu einem uneingeschränkten Zugang zu meiner Welt führen. Ich sage ausdrücklich *kann*, denn manchmal ist dieser Effekt nicht eingetreten, wie ich von früheren Besuchern eurer Welt erfuhr. Den Grund für diese unterschiedlichen Auswirkung kann ich dir jedoch nicht nennen.«

Er fügte hinzu, dass der Effekt eine Weile anhielte, etwa das zehnfache der Zeit, wie der direkte Kontakt mit ihm bestanden hatte. Dabei sei es unkalkulierbar, ab wann der Effekt einträte, denn alles, was damit zusammenhänge, habe mit seiner Welt zu tun, auch das Chaotische, das Anarchische spiele eine Rolle. Ich brauchte mich aber nicht zu beunruhigen, denn nach allem, was darüber bekannt sei, gäbe es keine weiteren Wirkungen. Ein erneuter Stillstand der Zeit wie von mir beobachtet oder andere, auch spukhafte Erscheinungen träten nicht ein, solange ich mich von ihm fern hielte.

Dann müssten sich der Friseur und die Maniküre ja auf etwas gefasst machen, meinte ich, doch Bill entgegnete, die habe er um das Tragen von Handschuhen gebeten.

Mehr war aus Bill nicht herauszuholen, und um ehrlich zu sein, hatte ich mit dem bisher Erlebten und Gehörten schon genug zu verpacken. Die folgende Nacht, so hoffte ich, würde mich wieder ins Lot bringen.

Quant Sieben

Henry unterbricht seine Erzählung. Der Besuch des Arztes habe ihm zu Denken gegeben. Eigentlich habe er noch etwas damit warten wollen, aber inzwischen sei er sich nicht sicher, was ihm hier noch blühe. Er müsse mich um einen Gefallen bitten.

Mein Zuhören sei ihm also nicht Gefallen genug, will ich wissen. Doch, das sei unschätzbar, weshalb ich auch sein Vertrauen verdiene, eine Sache für ihn zu erledigen. Ich bin gespannt, was das wohl sei, und so bittet Henry mich, seinen Koffer aus seiner alten Suite zu holen.

Ich wundere mich darüber, dass er ihn nicht dabei hat. Henry ist sich sicher, dass sie seine alte Suite nach seinen Habseligkeiten durchsucht haben, aber außer ein paar Kleidungsstücken und dem, was er im Badezimmer seiner Suite verstaut hatte, nichts weiter gefunden haben werden. Seinen Koffer will er in der Suite versteckt haben. Er sei davon überzeugt, dass er auch den neuen Mietern der Suite noch nicht in die Hände gefallen sei.

Warum er denn nicht den Wachmann darum bitte, will ich wissen.

Der würde den Koffer aus sicherheitstechnischen Gründen bestimmt durchsuchen, und das müsse unbedingt verhindert werden.

Ob er Waffen darin verstecke, will ich wissen.

Um Himmels willen nein, wispert Henry. Er sei doch nicht verrückt. Dennoch würde der Inhalt des Koffers sicher konfisziert werden.

Dann habe er Drogen darin!

Das sei Unsinn, höre ich Henry. Ich käme nie darauf, was er darin verberge, aber ich könne sicher sein, dass es, obwohl man es ihm wegnehmen werde, völlig harmlos sei.

Ich habe mich schon entschieden, höre mich aber dennoch fragen, wie Henry sich vorstellt, dass ich in den Besitz dieses Koffers gelange.

Er will mir seine Türkarte, die er immer noch hat, auf den Balkon werfen. Ich müsse nur zu seiner Suite gehen, herausfinden, ob die Leute dort schliefen und den Koffer, der hinter einem losen Paneel im Badezimmer warte, also nahe bei der Eingangstür, greifen. Das Ganze dauere kaum fünf Minuten und sei völlig ungefährlich.

Ich lehne entschieden ab. Nicht auszudenken, wenn mich jemand bei einem Einbruch erwischt.

Ich könne es mir ja überlegen, während er mit der Erzählung fortfahre, flüstert Henry.

Achterbahn

Natürlich konnte ich nicht einschlafen. Das Ereignis des Tages kreiste mir durch den Kopf und fand keinen Landeplatz. Bills Erklärungen trugen auch nicht dazu bei, mich zu beruhigen. Der in der Luft verhaftete Vogel war schon seltsam genug. Wenn ich Bills Äußerungen jedoch Glauben schenkte, dann hätte der Effekt, wie Bill es nannte, auch ganz anders ausfallen können. Vor allem aber konnte er von längerer Dauer sein. Der Vogel war mit der Zeit stehen geblieben. Dafür hatte ich Bill nur kurz berührt. Wenn ich ihn länger berührte, liefe die Zeit dann rückwärts? Am Ende vielleicht so weit zurück, dass Simone wieder da war? Aber Bill hatte auch gesagt, dass der Effekt nicht kontrollierbar sei. Er hatte auch von spukhaften Erscheinungen gesprochen, von Chaos und Anarchie. Beides reizte mich zwar ein wenig als romantische Möglichkeit, aber nicht, sobald sie Wirklichkeit wurde. Man erwirbt keine interessanten Objekte, wenn die Stimmung in der Gesellschaft instabil ist!

Bestimmt widersprechen Sie mir hier, denn Chaos und Anarchie gelten sozusagen als Nährboden für Betrug und dergleichen. Ich hingegen behaupte, dass Betrug und dergleichen erst dann zur Kunst erhoben werden kann, wenn er unbemerkt bleibt. In Chaos und Anarchie erworbenen interessanten Objekten aber haftet immer der Makel der Unredlichkeit an. Die wenigsten Menschen können in solchen Phasen klar denken. Sie misstrauen praktisch allem und jedem, sind aber gezwungen, höhere Risiken einzugehen als für gewöhnlich. Sie glauben, diese Risiken seien der Situation geschuldet. Wenn aber die Phase des Chaos und der Anarchie zu Ende geht, reißt sich das bis dahin gefesselte Misstrauen los und Vergeltung ist für gewöhnlich die Folge. In einer ruhigen, entspannten und vertrauensvollen Gesellschaft aber wird ein guter Betrug immer unter dem Radar bleiben. Aber gut!

In meiner Ruhelosigkeit fand ich mich vor Bills Bett wieder. Er lag auf dem Rücken und hatte weder Mantel noch Schuhe ausgezogen. Selbst seine Brille hatte er nicht abgelegt. Auf der Matratze ausgestreckt lag er da und schlief in seinem neuen weißen Anzug. Bill atmete durch die Nase. Seine Hände lagen an beiden Seiten seines Körpers. Ich kniete mich neben ihn und berührte ganz sanft seine Hand. Sie fühlte sich kalt und weich und feucht an wie Wackelpudding, als wäre Bill in einem anderen Aggregatzustand. Der Effekt würde zehnmal länger dauern als die Berührung, erinnerte ich mich. Ich wollte es darum nicht übertreiben.

Wenn er sich bewegt, lässt du sofort los, sagte ich mir. Wenn er ein Geräusch macht, lässt du auch los. Ich hörte, wie jemand im Treppenhaus das Licht einschaltete und ließ los.

Wie lange mochte ich ihn berührt haben? Bestimmt kaum länger als eine Minute. Das letzte Mal hatte es den ganzen Weg zum Kloster gedauert, bis der Effekt eingetreten war. Doch Bill hatte auch gesagt, dass er für gewöhnlich unvorhersehbar sei. Im Moment geschah nichts. Ich kehrte in mein Bett zurück und schlief sofort wie ein Stein.

Als ich Stunden später erwachte, hatte Bill sich bereits auf den Weg zum dritten und letzten Turm gemacht. Wann er aufgebrochen war, konnte ich nur schätzen. Sein Lager hatte bereits die Umgebungstemperatur angenommen. Er hatte geduscht, aber der Dunst hatte sich längst niedergeschlagen. Der Tee in der Küche, oder vielmehr der letzte Schluck, war erkaltet. Ich schätzte, dass er vor etwa einer Stunde das Haus verlassen haben musste. Damit war er noch früher unterwegs als am Vortag.

Ich nahm den Goldklumpen vom Küchentisch und überlegte, ihn zusammen mit den beiden anderen zu verkaufen. Dabei erschien es mir sinnvoll, diesmal einen anderen Händler aufzusuchen. Andererseits eilte der Verkauf des Goldes nicht, Bill zu finden und vor möglichen Gefahren zu bewahren war dagegen wichtig. Sein Ziel war mir bekannt, seine Geschwindigkeit zu Fuß lächerlich gering, und so aß ich ein paar Happen und besorgte ein neues Tagesticket, bevor ich mich selbst auf den Weg machte.

Den Turm auf einer Insel im Fluss hatte ich noch nie besucht. Es war ein sogenannter Mäuseturm, hatte aber niemals, wie manche behaupten, der Lagerung von Getreide gedient. Tatsächlich erleichterte er den Schiffen die Navigation, denn bei schlechter Witterung war die Insel ein gefährliches Hindernis. Der Turm machte sie sichtbarer, konnte man doch ein Feuer auf ihm entzünden oder bei Nebel Krach schlagen. Heute ist er überflüssig, da die Schiffe per GPS navigieren. Trotzdem hatte man ihn nicht abgerissen, obwohl er längst baufällig geworden war. Man fuhr Touristengruppen dorthin, wo sich Imbissbuden und Souvenirläden angesammelt hatten. Um deren Geschäft anzukurbeln erzählten die Touristenführerinnen gegen Provision grausame Geschichten über Heerscharen von Mäusen, die damals im Turm versteckte Verbrecher gefressen haben sollen. Reiner Unsinn, aber solch drastisch plastische Geschichten setzen sich in den Köpfen fest, werden nicht mehr vergessen, aber treiben bisweilen hässliche Blüten.

Was den Mäuseturm anging, so hatte man inzwischen die Geschichte in den Winter verortet, weil irgendein Schlaumeier bemerkt hatte, dass Heerscharen von Mäusen wohl kaum durch den Fluss geschwommen waren, um flüchtige Verbrecher zu fressen. So liefen sie also heute mit ihren winzigen rosa Füßen über das Eis des zugefrorenen Flusses, um die flüchtigen Verbrecher zu fressen. Aber gut!

Wegen seiner Attraktivität war der Turm zwar mit öffentlichen Verkehrsmitteln erreichbar, aber ich musste ein paar Mal umsteigen und zum Schluss noch die Fähre nehmen. Weil Bill so viel früher als ich aufgebrochen war, schloss ich aus, ihm schon auf dem Weg zur Insel zu begegnen. Entsprechend sorglos bewegte ich mich. Ich gestattete mir sogar, meine Aufmerksam auf all die kleinen Nebensächlichkeiten am Wegesrand zu lenken.

Auf der Fähre beispielsweise machte sich ein Angestellter vor der überschaubaren Reisegruppe wichtig. Er hatte das Schiff auf den Anlegeprozess vorzubereiten. Man sah ihm seine Schlichtheit an. Sein Verständnis reichte gerade aus, ein paar Fender zu verteilen, mit der Trosse an der Reling zu warten, bis das Schiff in seine Endposition am Ufer manövriert war, und beim Sprung an Land nicht ins Wasser zu fallen. Die Schlinge der Trosse warf er über einen Poller, und jemand anderes, wahrscheinlich der Kapitän, warf eine Winde an, die die Trosse straff zog. Der Angestellte rief unentwegt, die Fahrgäste mögen auf sein Zeichen zum Verlassen des Schiffes warten. Jeder hatte das schon beim ersten Mal gehört und verstanden. Der Angestellte wuchtete ein Blech an die Stelle der Reling, die mit einem Türchen durchbrochen war, und ließ uns aussteigen.

Als mein Fuß das Land berührte, schaltete ich auf höchste Alarmstufe. Hier würde sich Bill herumtreiben. Jetzt hieß es gut achtzugeben, um ihm nicht in die Arme zu laufen. Nach wie vor erschien es mir wichtig, sein Vertrauen in mich nicht zu enttäuschen. Doch die Insel machte es mir schwer. Sie nahm mich unvermittelt gefangen. Zu meinem Erstaunen war der Turm Bestandteil eines kleinen Schlosses. Die Parklandschaft war mit exotischen Vögeln besiedelt. Ebensolche Pflanzen dufteten verlockend, und über die Rasenflächen zogen kleine Trupps zahmer Rinder einer mir unbekannten Rasse. Der Ort wirkte entrückt, und ich hätte keiner Erzählung darüber Glauben geschenkt. Die Eindrücke waren so stark, dass ich im ersten Moment glaubte, der Effekt sei bereits eingetreten. Ich hatte ja keine Ahnung gehabt.

Das Netz der Wege war überraschend ausgedehnt. Auf jedem dieser Wege konnte Bill sein, und selbst wenn zwei Wege nahezu parallel über das Areal führten, ein Wanderer auf dem einen Weg hatte nicht die Möglichkeit, einen Wanderer auf dem dazu parallelen zu sehen. Ich wünschte mir Bills Fähigkeit, alle Wege quasi gleichzeitig gehen zu können und auch, er werde es jetzt nicht selbst tun, denn dann stünde er plötzlich vor mir, und mein Plan war gescheitert. Mir blieb nichts anderes übrig, als alle Wege, die wegen ihrer Krümmung nicht von einem Ende zum anderen zu überblicken waren, der Reihe nach abzulaufen.

Meine Suche führte mich immer weiter vom Schloss weg. Die Zahl der anderen Besucher dünnte sich langsam aus, so dass ich mich bald ganz allein wähnte. Die Stille eines lichten Waldes umgab mich. Von den Rasenflächen zirpte und knatterte und päpte und knarrte allerlei Getier, der Wind spielte in den Pflanzungen. Ich weiß nicht mehr genau, wann ich merkte, dass etwas nicht stimmte, aber ich glaube mich zu erinnern, dass es mit den Kaninchen begann.

Einige der Jüngeren spielten auf einer Wiese vor ihrem Bau. Unbekümmert liefen sie hintereinander her, wohl um sich gegenseitig einzuholen, zu überholen oder den Weg abzuschneiden. Plötzlich hatten drei von ihnen ein viertes in die Ecke einer Mauerruine getrieben. Der Raum um das eingeschlossene Tier wurde immer kleiner, das Tier selbst aber wurde immer schneller. Bald war es so schnell, dass ich es nicht mehr als Kaninchen erkennen konnte. Es verwischte zu einem hellgrauen, transparenten Balken. Und dann explodierte alles um mich herum. Nichts von dem, was ich gerade noch bewundert hatte, war noch da. Es gab keine Wiese mehr, keinen Wald und keinen Weg. Selbst der Himmel war verschwunden. Stattdessen wähnte ich mich in einem Ozean aus wirbelnden Teilchen. Doch wenn ich genauer hinsah, so waren diese Teilchen zusammengesetzt aus etwas noch Kleinerem, etwas, das nur an bestimmten Stellen näher an anderes herangerückt war. Die Teilchen schienen lediglich verdichtete Bereiche in einem tosenden Sturm zu sein. Es hatte etwas vom Tauchen in einem Bällebad aus winzigen, bunten Bällen, die sich in rasender Geschwindigkeit immer wieder lautlos neu gruppierten. Doch als wäre ich nicht schon genug verblüfft, verformten sich die Bälle zu Tetraedern, zusammengeballt und aneinander gereiht. Jede Fläche dieser dreieckigen Pyramiden hatte eine andere Farbe als ihr Nachbar. Ich beobachtete, dass die Farben ständig wechselten. Die zusammengruppierten Tetraeder fügten sich an andere, es entstanden spitzknotige Schnüre aus ihnen wie damals, als ich Alaunkristalle an einem Wollfaden gezüchtet hatte. Ich beugte mich zu der Schnur, die mir am nächsten lag und setzte mich plötzlich in Bewegung. Wie auf einer Achterbahn fuhr ich eine dieser Schnüre entlang auf andere zu, um andere herum. Überall waren diese Tetraederschnüre in den buntesten, wechselnden Farben um große Bereiche gruppiert, in denen wie in einem Schwamm nichts war. Um diese Nichtse herum fuhr ich auf den funkelnden Schnüren und glaubte, in einem Eispalast zu sein, in einer glitzernden Projektion des Universums oder in einem Gehirn? Es war unglaublich! Mit einem Male war ich grenzenlos glücklich. Und weil ich mich wie auf einer Achterbahn fühlte, breitete ich auch meine Arme aus. Doch kaum ragten sie über die Tetraeder heraus, verschwand der Teil, der darüber hinausgeragt hätte. Von meinen Armen blieben nur noch zwei Stümpfe. Hände, Unterarme und Ellenbogen waren verschwunden. Meine Uhr übrigens auch. Schnell zog ich die Arme wieder an den Körper, und alles war wieder da.

Immer weiter drang ich in den Eisschwamm vor, ließ mich in kristallene Höhlen fallen, stieg in die Höhe, in tiefe Schlünde. Ich konnte nicht genug davon bekommen, als alles zu einem seltsamen Brei wurde. Alle Kristalle waren verschwunden, plötzlich sah alles gleich grau aus. Meine bloße Anwesenheit aber schien sich nun auf meine Umgebung auszuwirken. Irgendwie war ich immer im Zentrum eines Geschehens, das nur auf meine Bewegung zu warten schien. Ein Magnet in einem Haufen Eisenfeilspäne. Meine Uhr war stehen geblieben, aber um mich herum änderte sich das Bild in rasendem Tempo. Plötzlich tauchte Bill mit Koffer und Stockschirm wie eine Spukerscheinung vor mir auf und berührte mich. Schlagartig stand ich wieder auf der Wiese.

Einen Moment blickte er mich an, dann breitete sich ein Grinsen in seinem Gesicht aus. Er hatte strahlend weiße Zähne.

»Du hast mich wieder berührt, stimmt's?«, fragte er. Ich nickte und wollte wissen, wo ich mich befunden hätte.

»Du hast eine Reise ins Allerkleinste deiner Welt gemacht, dorthin, wo alles entsteht und vergeht, zum Maß aller Dinge. Es ist die Bühne eurer nur vierdimensionalen Raumzeitwelt. Ich hatte mir schon gedacht, dass ich dich eher neugierig gemacht habe, anstatt dich abzuschrecken. Sei froh, dass ich dich stehen sah, denn niemand außer mir hätte dich aus diesem Zustand herausholen können.«

Ich erwiderte, dass sich doch sicher nach gut zehn Minuten der Effekt von selbst aufgelöst hätte, aber ein Blick auf die Uhr bewies mir, dass ich wenigstens eine halbe Stunde hier gestanden haben musste. Bill hingegen war erst jetzt auf der Insel eingetroffen, wie er behauptete, weil er noch allerhand andere Dinge habe in Erfahrung bringen müssen. Er war zuversichtlich, seinen Kontakt hier zu treffen, dass es also der richtige Ort sein müsse. Es bliebe aber noch genügend Zeit, um die Gegend etwas zu erkunden. Dass ich seine Warnung, ihn nicht zu berühren, in den Wind geschlagen hatte, schien ihn nicht zu verärgern. Er schien sogar froh zu sein, mich jetzt an seiner Seite zu habe und bat mich zu meiner Überraschung, ihn zu begleiten.

Quant Acht

Jetzt unterbricht Henry sich selbst. Ihm sei eingefallen, dass sein Koffer ja viel leichter zu beschaffen sei. Die Aufregung über seine Verhaftung habe ihn das vergessen lassen. Der Bereich hinter dem Paneel sei auch vom Flur der Etage über eine Revisionsklappe zu erreichen. Man müsse nur den Griff umlegen und könne den Koffer dann herausziehen.

So unglaublich es klingen mag, aber ich bin geradezu erleichtert, dass die heikle Aufgabe, die Henry mir ursprünglich gestellt und die ich abgelehnt hatte, so einfach zu lösen ist. Ich willige ein. Obwohl ich seine Türkarte jetzt nicht mehr benötige, will er sie mir trotzdem auf den Balkon werfen. Ich frage gar nicht erst, wie er die Balkontür aufschließen will. Bestimmt bekäme ich zu hören, dass man keine interessanten Dinge findet, wenn man nicht jedes Schloss knacken kann. Ich muss sagen, er ist so geschickt, dass ich überhaupt nicht höre, wie er die Balkontür aufschließt. Ich sehe nur, wie seine Hand blitzschnell um die Absperrung herumzuckt und das leichte Ding bis vor meine Balkontür schlittert. Das sei nur für alle Fälle, flüstert er Sekunden später aus dem Waschbecken. Falls mich jemand auf dem Flur anspricht, dann könne ich vorgeben, ich sei zum Betreten des Traktes berechtigt.

Jetzt sitze ich vor der schwarzen Karte einer Luxussuite. Ob ich jetzt losgehen wolle, höre ich Henry wispern und ich nicke, sage dann aber auch *ja*, denn mein Nicken hat nur mir selbst gegolten. Dann ziehe ich mich um.

Henry ruft den Wachmann, weil es in seiner Kabine offenbar seltsam riecht, und als ich den Mann seine Kabine betreten höre, schlüpfe ich zur Tür hinaus und bin schon auf dem Weg zum Oberdeck, wo die teuren Suiten liegen, ohne dass mein Verschwinden bemerkt worden wäre.

Das Problem, das ich noch nicht zu lösen weiß, ist: Wie finde ich heraus, ob die Bewohner der Suite schon schlafen oder sonst wie abgelenkt sind? Ich muss zwar nicht mehr die Suite betreten, aber mir wäre es doch unangenehm, wenn ich mich davor zu schaffen machte und dabei bemerkt würde. Doch ich habe unglaubliches Glück. Gerade als ich den Korridor zu den Suiten betrete, sehe ich ein Pärchen eine davon verlassen. Sie sind angeheitert und voller Vorfreude auf eine Veranstaltung. Sie verlassen, was ich hätte betreten sollen. Wenn sie nichts vergessen haben, dann werden sie so schnell nicht zurückkehren. Mit der Türkarte in der Hand müssen sie mich für zugangsberechtigt halten, denn dass sie zu ihrer Suite gehört, können sie nicht erkennen. Sie nicken mir nicht einmal zu, als sie an mir vorbeigehen, so beschäftigt sind sie miteinander. Ich warte, bis sie im Treppenhaus verschwunden sind und fixiere die Klappe an der Wand. Jetzt, wo ich die Bewohner draußen weiß, sehe ich keinen Grund, mich hier auf dem Flur doch noch verdächtig zu machen und entere das fremde Reich.

Es riecht ganz stark nach Körperausdünstungen und ganz leicht nach Haschisch. Ich sollte mich beeilen, wage aber trotzdem einen Blick in diese verbotene Welt. Im Dämmerlicht der Vollmondnacht erkenne ich den ganzen

Luxus. So etwas kann ich mir nicht leisten. Es gibt immer einen, der noch reicher, schöner, stärker oder klüger ist. Auf dem Couchtisch stecken die wahrscheinlich letzten beiden Champagnerflaschen der Welt kopfüber in einem Eiskübel. Die beiden wären mir sicher auf die Nerven gegangen, wenn sie länger neben mir gehaust hätten.

Ich habe genug gesehen und finde im Badezimmer das lose Paneel. Erneut erkläre ich mir so etwas mit dem Alter des Schiffes. Hinter dem Paneel verlaufen Versorgungsleitungen. Die meisten sind abgeklemmt, einige gekappt. So ist ein Hohlraum entstanden. Die Revisionsöffnung zum Flur kann ich auch sehen. Der Koffer ist weiß, passt gerade so in den Hohlraum hinein und besteht aus zwei glatten Kunststoffschalen mit abgerundeten Ecken. Ich zerre ihn heraus – er wiegt bestimmt zwanzig Kilo – und stehe schon wieder auf dem Gang. Bis hierher habe ich kaum fünf Minuten gebraucht.

Wenn ich jetzt sage, dass der Wachmann bei meiner Rückkehr nicht vor Henrys Tür steht, wird man mir das wohl kaum glauben, aber es ist so. Vielleicht musste er mal austreten. Mir kommt das gerade recht, und so bin ich wieder zu Hause, als er von wo auch immer zurückkehrt und seinen Posten bezieht.

Henry hat natürlich meine Rückkehr mitbekommen. Die Übergabe des Koffers will er jedoch auf einen späteren Zeitpunkt verschieben, denn er hat den Wachmann etwas zu sehr damit genervt, wo er mal hinriechen soll. Wenn der sich etwas beruhigt hat und darum etwas unaufmerksamer geworden ist, soll sie durchgeführt werden. Also setzt er seine Erzählung fort, der ich immer noch etwas atemlos lausche.

Ahnung und Gewissheit

Der Park mit seinen verstreuten Gebäuden und den umherstreifenden Tieren hatte auf mich hell und heiter gewirkt. Zusammen mit Bill gelangte ich nun in den hinteren, abgelegenen Teil der Insel. Die Bäume standen hier dichter beieinander, die Wege waren schmaler und enger gewunden, und die Gebäude waren nicht in hellem Weiß oder Gelb gestrichen, sondern bestanden aus unverputztem Backstein. So wirkten sie düster und abweisend. Einige dieser Gebäude waren für die Haltung von Pferden oder Rindern gebaut worden, und eines war an einer Ecke eingefallen. Im Giebel waren die Fugen zwischen den Steinen ausgehöhlt, und die drei graubraunen Holztüren waren verwittert, wirkten aber noch stabil.

Bill öffnete neugierig den Fallriegel der mittleren Tür und wir betraten das dämmerige Innere des ehemaligen Stalls. Es könnte ein Kuhstall gewesen sein, denn der Geruch dieser Tiere war mir vertraut und hatte sich über die Jahre in einer Nuance erhalten. Man lagerte hier allerlei Gerätschaft und Strohballen, der gestampfte Lehmboden war sauber gefegt.

»Und jetzt?«, fragte ich.

Bill zuckte die Schultern.

»Lass mich ein wenig verschnaufen, bevor wir den Rückweg zum Turm antreten.«

Er hockte sich auf seinen Koffer, ich hingegen trat vor das Gebäude.

Der Weg verschwand mit einer Biegung in den Wald. Einen Besucher würde ich also erst im letzten Moment sehen. Aber wenn ich Glück hatte, würde ich ihn hören, und wenn ich mich nicht täuschte, dann vernahm ich jetzt ein leises Quietschen. Es hätte natürlich auch einer der exotischen Vögel sein können, den es bis hierher verschlagen hatte, aber je länger es anhielt, desto sicherer konnte ich es als das Quietschen einer Mechanik identifizieren. Es wurde lauter, und als ich mich für das Geräusch eines quietschenden Rades entschied, da bog ein Paar mit seinem Kinderwagen aus dem Wald.

Der Mann benutzte einen geraden Ast als Wanderstock, während die Frau den quietschenden Wagen schob. Das Kind hatte sich offenbar daran gewöhnt und blieb darum ruhig unter seiner dicken Decke. Ich will den jungen Leuten nicht zu nahe treten, aber sie strahlten nicht diese innere Freude, diese friedliche Gelöstheit aus, die ich bei anderen Paaren in solchen Spaziersituationen oft erlebt habe. Ich mag mich täuschen, wenn ich das hagere Gesicht der Frau als eher verbittert und die Augen des Mannes als verschlagen beschreibe. Ich grüßte sie in der Erwartung, dass sie meinen Gruß erwidern würden, aber das taten sie nicht, sondern hielten direkt auf mich zu. Vielleicht haben sie eine Frage, schoss es mir durch den Kopf. Vielleicht hatten sie die Ablegezeiten der Fähre vergessen oder fanden den Weg zum Anleger nicht zurück. Andererseits würde die Fähre heute noch einige Male ablegen, und die Insel war ja nicht so groß, dass man wirklich Gefahr lief, sich zu verlaufen. Mit jedem Schritt kam mir die Frau bekannter vor. Damit will ich nicht sagen, dass ich sie kannte, sondern nur, dass ich sie schon einmal in einem anderen Zusammenhang gesehen hatte. Doch es wollte mir partout nicht einfallen, wo das gewesen sein sollte und warum mir ihr Anblick irgendwo im Gedächtnis haften geblieben war. Sie haben die Lösung sicher schon gefunden, ich hingegen war wie vor den Kopf gestoßen. Mich machen solche Momente fast verrückt. Es ist wie die Suche nach dem richtigen Wort, nach dem Namen eines Schauspielers im Fernsehen. Man kramt in allen Schubladen des Kopfes, aber man kramt vergeblich. Doch plötzlich zeichnet sich die Antwort ab. Man weiß, das Wissen ist zum Greifen nahe, es braucht nur eines einzigen Hinweises, eines Anhaltspunktes, um es zu enttarnen. Und dann geschieht es. Der Hinweis taucht auf, der Anhaltspunkt erscheint und man kann den Hebel ansetzen. Aber gut!

Die beiden waren nur noch wenige Schritte von mir entfernt, als ich ein Telefon klingeln hörte. Es war derselbe Klingelton wie gestern im Kloster. Aber die Frau dort hatte ihr Haar nicht hochgesteckt und trug klickende Schuhe. Doch hier war der Boden nicht geteert, sondern ein weicher Waldweg. Außerdem rauchte sie wie die von gestern und die vor meinem Haus in der Nacht. Aber sie hatte keinen Mann dabei gehabt und schon gar keinen Kinderwagen. Und wenn es doch dieselbe Frau war? Wenn sie Bill beim Gold verschenken zugesehen, ihm bis zu meinem Haus gefolgt, ihn und damit auch mich tags darauf beschattet und wie ich verloren und jetzt mit Verstärkung und Kind wiedergefunden hatte?

Ich wollte gerade das Wort an die beiden richten, wollte irgendetwas Lustiges über quietschende Räder sagen, als mich der Stock des Mannes hart am Kopf traf.

Quant Neun

Henrys Stimme ist ohnehin nur ein Wispern im Raum. Doch jetzt wird sie so leise, dass ich vom Bett aufstehe und mich tief in das Waschbecken beuge. Ich solle ihm jetzt den Koffer herüberreichen. Er habe bereits so lautlos wie möglich seine Balkontür aufgeschlossen, und er rät mir, ebenfalls so wenig Geräusch wie möglich zu machen.

Ich muss mich erneut über mich wundern. Schon meine Bereitschaft, den Koffer unter diesen sehr konspirativen Bedingungen zu holen, kann ich kaum glauben. Ich schreibe es Henrys Überredungskunst zu, dass ich so schnell zugesagt hatte. Doch jetzt im Nachhinein kann ich nicht mehr sagen, worin diese Kunst besteht. Er ist ein manipulativer Mensch, sage ich mir, und doch fühle ich mich ihm verpflichtet. Bin ich am Ende eine Art Geisel, hat mich das Stockholmsyndrom gepackt? Kann ich nicht mehr frei entscheiden?

Während ich dies denke, stehe ich schon auf dem Balkon. Jede unserer Einzelkabinen hat einen von fast vier Quadratmetern Größe. Zu beiden Seiten ist er mit einer raumhohen Kunststoffwand eingefasst. Zum Meer hin gibt es eine durchsichtige Brüstung, die nach oben mit einem zum Anlehnen bequemen Holzbalken abschließt.

Tage zuvor war mir der Seegang auf den Magen geschlagen. Ich bin eben eine Landratte. Heute Nacht aber könnte man meinen, die *Especially now* gleite über einen Spiegel. Die Nacht ist sternenklar. Im Grunde ist es dieser Anblick, weshalb sich eine solche Reise schon lohnt. Hier gibt es keine störenden Lichter. An Land sind solche Orte rar. Wir sind einfach zu viele und wollen jedem im All klarmachen, dass wir auch nachts da sind, dass man jederzeit mit uns rechnen muss. Darum wollen wir unseren Erdball gut beleuchtet wissen. Das gilt zumindest für alles Land. Wenn es auf See aber erst einmal Nacht ist, dann ist es wirklich dunkel, denn keine Stadt in der Ferne färbt den Himmel.

Um den Koffer auf den Nebenbalkon zu bekommen, muss ich ihn auf die Brüstung heben, ihn dann mit nur einem Arm um die Kunststoffwand herum reichen und dann, ja dann bleibt mir nur noch, ihn fallen zu lassen. Wäre ich dreißig Jahre jünger, würde mir die Prozedur schon schwer genug fallen. Heute aber habe ich große Zweifel, ob ich den Koffer überhaupt auf die Brüstung wuchten kann. Er hat nur einen Griff, und ich fürchte, dass er mir entgleitet und ins Meer stürzt.

Wie ein Gewichtheber stelle ich mich breitbeinig davor, gehe in die Knie und mache ein Hohlkreuz, greife den Griff so gut es geht mit beiden Händen und reiße den Koffer mit aller Kraft hoch. Ich bin erstaunt, wie leicht er mir plötzlich erscheint. Mein Wille hat ihn vorerst bezwungen und es gelingt mir, ihn in einer Bewegung auf die Brüstung zu bugsieren. Soweit wäre es geschafft, aber der heikle Teil kommt noch.

Ich schiebe den Koffer auf der Brüstung nah an die Trennwand, ja sogar ein wenig mit einer Ecke darüber hinaus. Diese Ecke ist bestimmt schon auf der anderen Seite zu sehen. Ich schiebe ihn weiter, ich sehe, wie er fast schon zur Hälfte in den freien Raum über dem Wasser in der Tiefe ragt. Ich habe noch eine Hand zur Sicherheit am Griff, aber das Handgelenk ist abgeknickt, ich kann keine Kraft aufbringen. Ich werde aufgeben müssen, denn so werde ich ihn sicher verlieren. Ein alternativer Plan schießt mir durch den Kopf. Ich sehe den Koffer an meinem langen Arm jenseits der Brüstung hängen. Ich lasse Arm und Koffer pendeln und am höchsten Punkt eine Vierteldrehung vollführen, die den Koffer auf die andere Seite schleudert. Plötzlich kippt der Koffer! Ich habe es versaut, aber von der anderen Seite schnellt eine kräftige Hand hervor, packt den Griff und zieht den Koffer zu sich. Henry hat mich, hat den Koffer gerettet. Als wäre nichts geschehen, sitze ich wenig später mit noch viel Adrenalin im Blut und rauschendem Puls in meinem Sessel und lasse mich von Henry mit gedämpfter Stimme beglückwünschen, bevor er mit seiner Erzählung fortfährt. Nun ja, es gibt ein verwirrendes Hin und Her, weil ich zu schlapp bin, er aber unbedingt weitermachen will. Er siegt natürlich und ich lausche abgekämpft.

Unten durch

Ich erwachte auf dem Boden des Stalles. Mein Kopf dröhnte, aber als ich realisierte, dass Bill dicht an dicht zu mir lag, dass also seine ganze linke Körperseite an meine rechte geschmiegt war, sprang ich auf, als hätte ich einen Stromschlag erhalten. Dort, wo mein Kopf gelegen hatte, war ein dunkelbrauner Fleck von der Größe einer Handfläche. Was mich aber viel mehr beunruhigte, war der großflächige, direkte und weiß der Himmel wie lange währende Kontakt mit Bill! Mir wurde übel, wenn ich mir vorstellte, was das bewirken könnte. Dabei war ich mir sicher, seine Hand nicht berührt zu haben. Lediglich unsere Kleidung hatte im Moment des Erwachens aneinander gelegen. Aber traf das auch für die ganze Phase der Bewusstlosigkeit zu? Verwirrt betastete ich meine Schläfe, wo der Schmerz am größten war, und fühlte getrocknetes Blut. So wie vorhin war ich noch nie geschlagen worden. Ich hatte schon einmal eine Ohrfeige bekommen, aber die kam nicht aus heiterem Himmel, sondern ich hatte sie sogar provoziert. Sie hatte mich wieder auf den Boden der Tatsachen zurückgeholt. Dieser Schlag aber hatte mich weit von mir entfernt. Er zeigte mir die ganze Ungerechtigkeit der Welt, legte meine Hilflosigkeit frei und pflanzte mir echte Angst ein. Gleichzeitig hatte sich aber auch das Gefühl der Rache erhoben, der Wunsch, es dem Lump heimzuzahlen, oder sogar über das Ziel hinauszuschießen und ihn umzubringen. Angst und Rache wechselten einander ab, unfähig, sich gegeneinander durchsetzen zu können.

Bill lag immer noch am Boden. Seinen Koffer dagegen sah ich nicht und musste annehmen, dass die beiden Diebe ihn gestohlen hatten. Ich durchsuchte meine Kleidung und beglückwünschte mich, die drei Goldklumpen nicht eingesteckt zu haben. Aber von meinem Bargeld waren nur ein paar Münzen übrig, und außerdem fehlte sowohl mein Tagesticket als auch meine Uhr.

Ich fluchte. Meine Ahnung, dass jemand auf Bills Großzügigkeit die Tage zuvor aufmerksam geworden war, hatte sich auf das Bitterste bestätigt. Aber was nützt es, wenn man solche Ahnungen hat, und dann im Moment der Gefahr keinen Gebrauch davon macht? Warum hatte ich mich von der grotesken Harmlosigkeit der beiden täuschen lassen? Warum hatte ich mir nicht alle gemerkt, die mir in den vergangenen Tagen aufgefallen waren? Ohne den Kinderwagen wäre ich sicher vorsichtiger gewesen, beruhigte ich mich. Ein guter Trick, gestand ich mir ein.

Mit meinem Taschentuch betupfte ich die schmerzende Stelle. Sie blutete nur noch wenig. Mit immer noch wackeligen Beinen erreichte ich die mittlere Tür. Den Riegel hatten sie irgendwie von außen blockiert, denn er ließ sich nicht hochdrücken. Weil die Tür zu stabil war, würden wir hier nur herauskommen, wenn uns jemand fand, denn das schwere, unförmige Ackergerät würden wir nicht einmal gemeinsam bewegen können.

Bill rührte sich. Im Gegensatz zu mir schien er bis auf seine Bewusstlosigkeit keinen Schaden durch den Überfall genommen zu haben. Geradezu leichtfüßig sprang er auf die Beine. Als er bemerkte, dass sein Koffer verschwunden war, legte sich sein Tatendrang etwas. Das sei nicht gut, bemerkte er, und ich fügte hinzu, dass ihm ja ein ganzer Haufen Gold gestohlen worden sei.

»Die Diebe werden mit dem, was in dem Koffer ist, nichts anfangen können«, sagte er. »Ich hingegen benötige es für meine Rückkehr.«

Es sei also kein Gold in dem Koffer gewesen, fragte ich.

Doch, doch, antwortete er, aber vor allem habe er eine Art Transponder mit sich geführt, eine geballte Menge an Information, wenn ich so wolle. Wenn die beiden den Koffer ohne sein Beisein öffneten, bestehe die Gefahr, dass diese Information entweicht. Die Konsequenzen könnten unabsehbar sein, zumindest aber sei sicher, dass die beiden wahnsinnig würden.

Das, so meinte ich, geschehe ihnen ganz recht.

Er müsse ihnen so schnell wie möglich folgen, um das Schlimmste zu verhindern, sagte Bill. Meinen Einwand, dass wir hier eingeschlossen seien, ließ er nicht gelten und stürzte auf die Tür zu. Mir kam Münchhausens Läufer in den Sinn, der eine schwere Kugel an einem Bein trug, um nicht gar zu schnell zu werden. Bills Koffer schienen die gleiche Wirkung zu haben. Ich erwartete, dass Bill gegen die Tür krachen werde, aber als es eigentlich passieren musste, war Bill verschwunden. Ich starrte zwischen zwei Brettern hindurch und konnte gerade noch sehen, wie sich rechts und links von ihm in abnehmender Größe fünf weitere Bills aufreihten, wie er die Hand zum Gruß hob und dann mit diesem Rudel Matrjoschkas seiner selbst in den Wald einbog.

Meine Erschütterung währte nicht lange, denn Bill trat unvermittelt aus dem Wald heraus und rief mir zu, er werde mich bald holen kommen. Dann verschwand er aber vollends, meine Erschütterung jedoch kehrte zurück.

Quant Zehn

Ich unterbreche Henry, der sich wundert, weil er sich keiner Ausschweifung bewusst ist.

Da gebe ich ihm Recht, aber mich irritiert, dass er recht kurzatmig geworden ist. Ob er die Übergabe des Koffers vielleicht doch nicht so leicht weggesteckt habe oder ob ihn sein fortgesetztes Erzählen langsam erschöpfe? Tatsächlich höre ich seit einigen Minuten seine Lungen rasseln, als hingen Ketten darin. Seine Atemfrequenz ist ebenfalls heraufgesetzt, und manche seiner letzten Sätze waren so verkürzt, dass ich mir ihren Sinn nur aus dem Zusammenhang mit den vorhergehenden erschließen konnte.

Ich bräuchte mir keine Sorgen zu machen, entgegnet er. Alles sei in Ordnung. Die kleine Atemnot, die ihn befallen habe, sei bald vorbei. Das Mittel werde in kurzer Zeit wirken, und dann könne ich mich wieder am Wohlklang seiner Stimme erfreuen.

Dann habe er aus dem Koffer ein Medikament gebraucht, frage ich. In der Tat, antwortet er nach kurzem Zögern und in mir keimt der Verdacht, dass er meine Vermutung als Steilvorlage benutzt. Aber das hätte er mir doch auch gleich sagen können, wispere ich. Bestimmt hätte mich dieser Umstand viel eher zum Holen des Koffers bewogen. Es sei nicht seine Art, andere Leute über seine Zipperlein aufzuklären, was mich nun doch belustigt. Immerhin hat er es verstanden, mich die letzten Stunden mit weit Intimerem zu fesseln, und wenn ich an seine aufdringliche Art beim Shuffleboard denke, mag ich mir gar nicht vorstellen, was es hieße, wenn er tatsächlich seine Lebensgeschichte zum Besten gibt.

Ob er denn nun weitermachen könne, fragt er. Ich bin bereit und höre, wie sich sein Atem normalisiert.

Ferngesteuert

Eine Weile saß ich auf einem Strohballen. Das Phänomen, wenn ich es einmal so nennen darf, dessen Zeuge ich geworden war, konnte sicher nicht von dieser Welt sein. Die kleinen und großen Sinnestäuschungen zuvor hatte ich mir, wenn auch verblüfft, gefallen lassen, aber dass jemand durch eine geschlossene Tür ging, konnte ich mir nicht erklären. Film und Fernsehen spielen uns manch Ungeheuerliches vor, und so meinen wir, mit derlei Effekten vertraut zu sein. Ein Mord auf der Leinwand lässt uns mitunter sogar kalt, doch geschähe er vor unseren Augen, dann erleben wir ungefiltert den Einfluss der Realität. Und nun stellen Sie sich vor, jemand verschwindet in Ihrer Gegenwart in einer Wand. Wenn es also wirklich geschieht, vor Ihren Augen, Ihren Augen, denen wir wie Freunden am meisten vertrauen, die uns aber auch am bittersten täuschen können.

Vielleicht hatte der Schlag eine Halluzination begünstigt. Andererseits blieb die Tür versperrt, und Bill war nicht mehr in der Scheune. So viel stand fest. Sollte Bill Recht haben mit allem, was er mir anvertraut hatte? Jemand anderes hätte sich diese Fragen bestimmt schon viel früher gestellt, und so musste ich mir jetzt eingestehen, wie wenig ich mir aus anderen Menschen bisher gemacht hatte. Wenn sie mir nicht in irgendeiner Weise von Nutzen waren, so interessierten sie mich nicht. Mit Bill hatte ich jemanden getroffen, der nicht nur sehr seltsam, sehr verschieden von anderen, sondern jetzt auch noch geradezu fremdartig war. Ich gebe sogar zu, dass er mich ein wenig ängstigte. Jetzt wollte er den Dieben hinterher jagen, und obwohl die inzwischen wussten, dass er zu überwältigen war, so wusste ich wiederum, dass ihnen ein mächtiger Gegner folgte.

Trotz Bills Versprechen, mich hier abzuholen, wollte ich nicht auf ihn warten. Warum hatte er mich eigentlich nicht befreit, sobald er draußen vor der Tür stand? Oder war das in der Eile nicht möglich gewesen? Würde ich überhaupt auf ihn zählen können? Warum sollte sich ein solches Wesen an ein Versprechen halten? Wenn er seine Sachen wiederhatte, konnte er seinem eigentlichen Ziel wieder folgen, ohne auch nur einen Gedanken an den zu verschwenden, der ihm Unterkunft und Verpflegung geboten hatte.

Ich erhob mich und suchte nun doch im Dämmerlicht der Scheune nach einem brauchbaren Werkzeug, das ich in Form einer losen Pflugschar sogar fand. Mit einem Stück des Packbandes aus meiner Tüte vom Vortag – weiß der Himmel, wieso ich es in der Tasche hatte – umwickelte ich den Rahmen, die Grindel, so dass ich sie wie eine große Hacke halten konnte.

Unter einer Seitenwand der Scheune musste sich ein Tier einen Zugang zur Scheune gegraben haben. Es sollte möglich sein, diesen Zugang mit meiner provisorischen Hacke zu vergrößern, um hindurchzupassen. Wäre ich etwas geübter oder auch nur besser trainiert gewesen, hätte ich die Arbeit in kürzester Zeit geschafft. So aber brauchte ich fast eine ganze Stunde, weil meine Hände und Arme immer wieder erlahmten. Der Lehmboden war außerdem steinhart, und mein gewickelter Griff löste sich immer wieder auf. Doch schließlich hatte ich es geschafft und zwängte mich durch meinen kurzen Tunnel unter der Mauer hindurch. Jetzt hieß es sich sputen. Es konnte wer weiß wie spät sein. Ich konnte nicht einmal sagen, ob noch eine Fähre fuhr. Das Ticket von der Hinfahrt galt auch für die Rückfahrt, darüber hinaus hatten die Diebe ja nur ein paar Münzen übersehen. Auf der anderen Seite des Flusses würde ich mir wieder Gedanken über mein Weiterkommen machen müssen.

Die Dämmerung setzte langsam ein, aber weil ich auch noch andere Besucher im Park sah, wuchs meine Hoffnung, die Insel verlassen zu können. Alles, was ich bei meiner Ankunft bewundert und bestaunt hatte, wurde zur Nebensache, zur bedeutungslosen Kulisse. Mein Blick war starr auf mein Ziel, die Anlegestelle, gerichtet, als ich vor meinem inneren Auge einen Wanderweg sah. Ich vermutete, dass er irgendwo durch die Wälder im Umland der Stadt führte, doch konkrete Hinweise dafür gab es nicht. Auf dem Weg zogen die Diebe dahin. Sie schienen gut gelaunt zu sein, denn sie spielten sich ihren Überfall auf uns vor. Ganz deutlich konnte ich mich selbst wiedererkennen, wie ich unter dem Stockschlag des Mannes zusammensackte. Die Frau ahmte Bill etwas albern nach, wie er ebenfalls niedergestreckt worden war. Plötzlich hielten sie inne und die Angst stand ihnen ins Gesicht geschrieben. Dann sah ich Bill und sein Gefolge. Mit wehenden Mänteln flogen auch die Kleinsten in eleganten Bögen auf sie zu, umkreisten sie, versetzten ihnen hier und da mit den Stockschirmen gezielte Schläge und schürten so ihre Panik. Jetzt kippte der Kinderwagen um. Ich erwartete, dass das Kind herausrollen würde, aber es war keines drin. Dafür rutschte der Koffer heraus. Mein Bill stellte sich breitbeinig davor, bereit, ihn gegen jeden zu verteidigen. Die Diebe suchten kopflos das Weite. Dann vereinigten sich alle kleineren Bills mit meinem, der mir zuwinkte, und ich war wieder ganz bei mir.

Das hatte ich mir nicht eingebildet. Obwohl es etwas von einem Tagtraum gehabt hatte, so hatte ich es nicht geträumt. Es war mir übermittelt worden wie eine Vision. Es war so plastisch geschehen, als hätte ich eine dieser virtuellen Brillen auf der Nase gehabt.

Auf den eilfertigen Gehilfen des Kapitäns muss ich seltsam gewirkt haben, wie ich beinahe entrückt mit meiner Kopfwunde da stand. Doch als ich Anstalten machte, an Bord zu gehen, ließ er es fraglos zu. Ja, er holte sogar ein Pflaster und etwas Jodtinktur, um die Wunde zu versorgen. Als wir ablegten, atmete ich tief durch, und während der Fahrt zählte ich die mir verbliebenen Münzen, während Bill den Inhalt seines Koffers überprüfte. Offenbar schien nichts zu fehlen, denn er schlug sich erleichtert mit der flachen Hand vor die Brust. Ich dagegen hatte plötzlich nicht eine Münze mehr.

Auf halber Strecke verkündete der Kapitän, wir seien leckgeschlagen, aber es bestünde keine Gefahr, das gegenüberliegende Ufer nicht zu erreichen. Vorsorglich wurden Schwimmwesten verteilt. Ein Rettungsboot gab es nicht.

Am Anleger versuchte ich, ein Auto anzuhalten, wurde aber mit herausgestreckten Zungen und Stinkefingern bedacht, während Bill in aller Seelenruhe mein Ticket benutzte. Dann setzte Regen ein, doch Bill hatte den

Schirm. Niemals habe ich mich erbärmlicher gefühlt, aber Bill, der bisher unter der Last seines Koffers geächzt hatte, schob ihn jetzt mit breitem Grinsen im Kinderwagen herum. Mir war so, als agierten wir entgegengesetzt. Blieb ich stehen, so flog er, rannte ich, verharrte er. Mir geschah Schlechtes, er konnte triumphieren. Da er viele Triumphe feierte, hatte ich viel Schmach zu erleiden. Später, schon am Rande der Stadt angekommen, versuchte ich eine Schwarzfahrt und wurde prompt erwischt.

Es war schon dunkel, als ich zu Hause ankam. Ich war mir sicher, Bill dort vorzufinden, denn der Kinderwagen stand vor der Haustür, so wie Bill ihn in der Vision abgestellt hatte.

»Ich brauche dir wohl nicht zu erzählen, wie es mir ergangen ist!«, rief er zur Begrüßung.

Zunächst solle er mir einmal erklären, wie er durch die Tür gekommen war, doch er lachte nur und meinte, die Wahrscheinlichkeit für so etwas sei zwar sehr gering, aber sie sei nicht gleich Null. Darüber könne ich mich freuen, denn nur darum strahle unsere Sonne und mache das Leben auf Erden erst möglich.

Dann unterlägen die Visionen danach, angefangen bei seinem luftigen Kampf mit den Dieben wohl auch einer gewissen Wahrscheinlichkeit, vermutete ich.

»Nun, es ist so«, erklärte er, »wir haben miteinander etwas Zeit verbracht, und das hatte zur Folge, dass wir nicht mehr ganz so unabhängig voneinander waren wie am Anfang.«

Mir kam Simone in den Sinn, die, so unaufgeregt und folgenlos unser Zusammenleben auch geblieben war, doch den Weg in meine Gedanken gefunden hatte. Ganz zu

Beginn schossen meine Spekulationen über sie ins Kraut. Im Grunde konnte sie fern von mir alles tun, konnte überall sein, bis ich mehr über sie erfuhr. Zum Schluss legte ich beim Einkaufen immer auch ein paar Sachen für sie in den Wagen. Ich wusste genau, wann sie zu Hause war und wann nicht, dann meistens sogar, wo sie anstelle war. Ich wusste, dass sie mein Rülpsen nicht leiden konnte und lernte, es in ihrer Gegenwart zu unterdrücken. Ich wusste sogar, welche Kleidung ihr an mir gefiel und wann sie mich nicht sehen wollte. Wir lachten bald über dieselben Witze. Bei all dem war ich mir sicher, dass auch sie versuchte, mich einzuschätzen. Aber gut!

»Eine Weile haben wir darum zeitgleich genau Gegensätzliches getan«, fuhr Bill fort. »Jetzt, da wir darüber gesprochen haben, wird es aber nicht mehr passieren. Unsere Verbindung spielte sich auf einer anderen Ebene ab. Zum Beispiel weiß ich jetzt von deiner Beziehung zu Simone, weil du gerade darüber nachgedacht hast. Das wird dich etwas erschrecken, und vielleicht wirst du auch meine Überlegungen bald empfangen können, obwohl das nicht sicher ist. Denn dafür müsste ich eigentlich noch länger in deiner Nähe bleiben. Meine Mission ist allerdings beendet und damit auch unsere Verbindung.«

Ob er inzwischen seinen Kontaktmann habe treffen können, wollte ich wissen. Diesen Kontaktmann habe es nie gegeben, antwortete er. Er habe ihn erfunden, weil es glaubwürdiger und vor allem harmloser klinge, jemanden zu suchen, als zu behaupten, in wenigen Tagen alles über eine Planetenbevölkerung herausfinden zu wollen. Gerade diese Harmlosigkeit sei ihm wichtig gewesen. Als Beobachter müsse man zumindest während der Beobachtungszeit unerkannt bleiben. Frühere Besucher hätten zwar harmlose Rollen, wie etwa als Zimmermann, gewählt, unsere provokante Art habe sie dann aber zu Übertreibungen und irrationalen Vorstellungen bis hin zu Appellen an die Nächstenliebe verleitet. Sie seien schließlich aufgeflogen, hätten ihre Beobachtungen nicht abschließen können und im Hinblick auf die technische Entwicklung meist kontraproduktiv gewirkt. Liebe sei ja schön und gut, handfeste Paranoia aber diene dem eigentlichen Ziel weit mehr.

Mir leuchtete seine Vorgehensweise zwar ein, ein wenig gekränkt fühlte ich mich aber schon. Ich bräuchte nicht gekränkt zu sein, fuhr Bill fort. Im Grunde wäre auch ich in seine Beurteilung eingeflossen. Es sei faszinierend und rührend gewesen, mich in meinen Aktionen und Reaktionen zu beobachten. Einmal mehr habe sich die Entscheidung seiner Welt bestätigt, dass wir für dieses Projekt geeignet seien.

Plötzlich lief wieder eine Art Film vor meinem inneren Auge ab. Ich sah meine Stadt, wie ich sie heute durchquert hatte. Leute tauchten auf und verschwanden wieder. Doch sie waren seltsam verändert. Ihre Bewegungen waren mechanischer, ihr Blick technischer, ihr Lächeln unverbindlicher.

Ich setzte mich. Was war das gewesen?

»Das ist der Zustand, den ich aus den heutigen Zuständen extrapoliert habe«, grinste Bill. »Immerhin habe ich bei euch Roboter und Quantenrechner gefunden. Ich könnte mir denken, dass euch Fließgleichgewichtlern umherfliegende Dosen mit dürren Ärmchen allenfalls zu Beginn zufrieden stellen werden. Ob ihr nach und nach den Maschinen ähnlicher werdet oder eure Maschinen euch immer ähnlicher werden, ist einerlei. Das Ergebnis wird sich jedenfalls selbst reproduzieren können und für den ersten Fall winkt euch sogar potentielle Unsterblichkeit. Na? Ist das was? Hier und da noch ein paar Fehler, die sich aber auch von selbst einschleichen werden, und dann ist sogar eine Evolution garantiert.«

»Aber warum das alles?«, fragte ich.

Das Universum wolle einer bestimmten Gemeinschaft anderer Universen beitreten, erklärte Bill. Es wolle sozusagen eine Seite in der Enzyklopädie der Besonderen sein. Das erfordere aber den Nachweis einer universumweit verbreiteten, intelligenten Lebensform. Diese könne aber nicht organisch sein, um nicht in ihren physischen und psychischen Fähigkeiten bei Reisen durch Raum und Zeit zu sehr eingeschränkt zu sein. Wir Fließgleichgewichtler hingegen könnten solche Lebensformen bauen und kämen damit ins Spiel. Dabei sei dies hier der zweite Versuch. Der erste sei mit HÄNK, einem völlig verlotterten Planeten, gescheitert, weil man sich dort jegliche Auseinandersetzungen versage und niemand etwas wolle oder erstrebe. Hier bei uns hingegen gebe es Auseinandersetzungen zuhauf und sie wirkten wie eine Art Booster. Dieser zünde glücklicherweise bei uns von Zeit zu Zeit und führe zu einem sehr wünschenswerten technologischen Fortschritt. Wir sollten froh sein, dass wir auf Konflikte aller Art so versessen seien. Denn die wesentlichen Bausteine für Leben könnten sich beinahe überall im Universum bilden. Damit aber wirklich Leben entsteht, müssten diese Bausteine in die richtige Umgebung gelangen, müsste die Saat also auf fruchtbaren Boden fallen. Und ob dann auch intelligente Lebensformen dabei herauskämen, sei fraglich. Schließlich entwickele sich alles im Wechselspiel von Zufall und Notwendigkeit und unterliege keiner wie auch immer gearteten Teleonomie. Glücklicherweise, so Bill, folgten die meisten von uns noch immer dem alten Gebot, sich die Erde untertan zu machen, und produzierten damit äußerst fruchtbaren Konfliktstoff. Wenn unser Potential aber wider besseres Wissen ungenutzt bliebe, führe das Schiff eben zu Gunsten anderer ohne uns ab. Wie zur Entschuldigung hob er die Arme.

»Das soll deine Antwort auf das Warum sein?«, rief ich.

Warum sei keine Frage, die dem Universum diene, antwortete Bill. Hier ginge es nur ums Erst-mal-Machen. Der Rest ergebe sich aus den Konstellationen. Außerdem seien ihre Wege nicht unsere Wege.

Also seien wir alle nur dazu da, die verrückten Träume des Universums zu verwirklichen, nichts anderes also, als unwissende Erfüllungsgehilfen, empörte ich mich.

»Seien wir doch mal ehrlich«, entgegnete Bill und legte mir eine Hand auf die Schulter, was mich zusammenzucken ließ, ihn aber zu einem beschwichtigenden Lächeln und einem Kopfschütteln veranlasste, denn das, was vorher gewesen sei, sei nun beendet, »*verrückt* ist das Ergebnis einer Konvention. Aber Fakt ist, auf diesem Planeten werdet ihr im Grunde nicht gebraucht. Warum also solltet ihr eure Eitelkeit, euren Neid und Hochmut, die euch dazu verdammen, euch selbst auf die Schulter zu klopfen, nicht für etwas Nützliches einsetzen? Für etwas, das über euch hinausgeht? Warum also nicht etwas für uns tun? Etwas, das euch ein übergeordnetes Ziel gibt, einen Sinn für euer Dasein? Am Ende finden einige der Roboter euch auch ganz nett und bleiben bei euch. Wer kann das wissen? Aber selbst wenn sie alle eines Tages fortgehen, dann lasst sie einfach ohne Gram ziehen und bleibt auf diesem Ball mit der Erleichterung zurück, dass sie euch trotz eurer Minderwertigkeit nicht vernichtet haben. Meine Aufgabe war es abzuschätzen, wie weit ihr noch von jenem Zustand entfernt seid. Wenn du mich fragst, dann sieht es gut aus.«

Für mich hätte das alles nicht schlimmer aussehen können.

»Irgendwer wird eines Tages die entscheidenden Schritte in die gewünschte Richtung gehen«, hörte ich Bill meine Angst durchdringen. »Oder aber, du tust dich mit Simone zusammen und hättest dann dein ganz eigenes Konfliktpotential aufgebaut, was dem ganzen Prozess sehr förderlich wäre. Ich denke, dass du es mit keiner anderen besser treffen könntest.«

In meinem Kopf drehte sich alles.

Erstmals könne ich interessante Objekte nicht bloß erwerben, sondern sogar herstellen, sagte Bill. Für Hemmungen sei nämlich kein Platz, denn wir seien bereits eine Art Roboter, die sich einem von uns selbst geschaffenen System aus Märkten anpassten. Unserer Einzigartigkeit beraubt hätten wir sogar freiwillig unsere Kinder dazu angehalten, sich den Launen dieses größeren Ganzen zu unterwerfen, um dessen Fortbestand zu sichern. Dabei werde sich das System der Märkte mit dem zunehmenden Einfluss der KI selbst ad absurdum führen, denn die so generierten Produkte könne sich kaum jemand leisten, weil mit dem Einsatz der KI nicht nur Millionen Künstler, Politiker oder Pfleger arbeitslos geworden seien. Folglich müssten alle mittels KI erschaffenen Produkte oder Dienstleistungen kostenlos werden, was doch wohl großartig wäre!

»Ich lasse dir das hier«, erklärte Bill plötzlich laut und unruhig, während er einen Haufen Goldklumpen auf dem Küchentisch auftürmte. »Das sind meine letzten. Sie werden euch beiden den Start erleichtern. Jetzt aber muss ich gehen, mein Freund.«

Er griff nach seinem Koffer, hob ihn an und stieß ihn zurück auf den Boden. Etwas war passiert, aber was? Bill begann den Koffer langsam wieder anzuheben und sich dabei ebenso langsam um seine Längsachse zu drehen. Jetzt erkannte ich die Veränderung. Flach wie ein Pappkamerad drehte er sich, schneller und schneller, bis seine Vorder- und Rückseite zu etwas grotesk Neuem verschmolzen, ein seltsamer Thaumatrop. Während er wie ein Kreisel brummte, begann er zu leuchten, bis gleißendes Licht den Raum erfüllte. Ich schloss die Augen und öffnete sie erst wieder, als das Licht verlöscht und Bill verschwunden war.

Ungläubig saß ich eine Weile auf meinem Stuhl, unfähig, mich zu bewegen. Alles, was meinen Geist bevölkert hatte, hatte sich aufgelöst. Die Stille und Ruhe, die eingekehrt war, ließen mich glauben, ich sei einem Spuk aufgesessen, einem Trick, einer Art Magie vielleicht. Das Gold hingegen bewies das Gegenteil.

Ich weiß nicht mehr, wie lange ich so gesessen hatte, aber es kann leicht eine Stunde gewesen sein. Ich weiß nicht mehr, ob ich mich selbst aufraffte oder ob es das Klingeln an der Wohnungstür war, das mich bewegte. Heute glaube ich, dass beides zugleich geschah, das Aufraffen und das Klingeln.

An der Tür standen zwei Herren. Sie behaupteten, von der Polizei zu sein. Sie behaupteten auch, der Spur eines flüchtigen, gefährlichen Irren bis zu mir gefolgt zu sein. Ob ich den hier schon einmal gesehen hätte? Einer von ihnen zückte ein Foto und hielt es mir vor. Es zeigte einen Mann, und er glich dem Bill von unserer ersten Begegnung bis aufs Haar.

Quant Elf

Am Morgen wird Henrys Flucht entdeckt. Einige vermuten, dass er ins Meer gesprungen ist, andere, dass er sich irgendwo auf dem Schiff versteckt. Er könnte von einem Balkon zum anderen geklettert sein, bis er einen Unterschlupf fand. Ich aber weiß, wo er ist.

Nachdem er geendet hatte, war ich auf den Balkon hinausgetreten. Natürlich hatte ich ihn nicht retten wollen. Er wäre wie geplant beim nächsten Landgang den örtlichen Behörden übergeben worden, und meine Reise vorbei an einsamen, toten Atollen, die von den Mächtigen an strategisch günstigen Stellen zu Militärbasen ausgebaut worden waren, wäre nicht weiter ereignisreich gewesen.

Ich spähte über den Rand der Kunststoffbegrenzung meines Balkons zu Henrys Fenster. Seine Kabine war nicht beleuchtet, so dass ich nichts erkennen konnte. Genau so hatte ich es mir aber auch vorgestellt. Ein einsamer Erzähler in der Dunkelheit, verbunden mit seinem Publikum in ebensolcher Dunkelheit. Obwohl ich es erwartet hatte, war ich enttäuscht, denn ein kurzer Blick auf den Gefangenen hätte seiner Geschichte genau das Quäntchen Glaubwürdigkeit verliehen, das ich mir gewünscht hatte.

Ich wollte mich schon zurückziehen, als nun doch Licht in seiner Kabine aufglomm. Die Vorhänge waren bis auf einen handbreiten Spalt zugezogen, und ich wiegte mich hin und her, um genug vom Zimmer sehen zu können.

Henry kniete vor seinem Bett. Der Koffer lag aufgeklappt darauf. Mit einer Taschenlampe leuchtete er hinein und lächelte beim Widerschein dessen, was ich nicht sehen konnte. Dann steckte er sich die Lampe in den Mund, um beide Hände frei zu haben. Mit einer schnellen Bewegung zog er sich die Haut seiner linken Hand wie einen Handschuh ab. Zum Vorschein kam ein stählern glänzendes Skelett, das Henry gegen ein ähnliches aus dem Koffer mit aber nur zwei zangenartigen Fingern austauschte. Wie zur Probe zog er an den beiden Fingern. Sie hingen an einem dünnen Seil und flutschten zurück in ihre Ausgangsposition, als er sie losließ. Dann fiel ihm die Taschenlampe aus dem Mund auf das Bett. Ihr Lichtstrahl traf mich durch die Lücke zwischen den Vorhängen direkt in die Augen. Ich schloss sie zwar reflexartig, auf meiner Netzhaut aber war Henrys Umriss in seiner Komplementärfarbe eingebrannt. Als sich die Netzhaut beruhigt hatte, war es in der Kabine wieder pechschwarz. Es gab keinen Grund mehr, hier zu stehen.

Im Schein des Koffers hatte ich jedoch nicht nur Henrys Treiben verfolgt, sondern auch das aufgeblasene, an die Wand gelehnte gelbe Gummiboot bemerkt. Wenig später hörte ich ein helles Surren, dann ein schnappendes Geräusch, und schließlich ein leises Klirren, als die Windenfinger ins Boot fielen. Ich stürzte zurück auf den Balkon und sah einen gelben Punkt in der Ferne. Henry hisste ein kleines Segel. Ich starrte ihm nach, wie er entgegen unserer Fahrtrichtung von der tiefschwarzen Nacht, jenseits des vom Schiff ausgeleuchteten Ereignishorizontes, verschluckt wurde. In die Freiheit. In die Zukunft, weiß der Kuckuck, welche. Ich bewunderte seinen Wagemut.

Im Moment erscheint mir meine Begegnung mit Henry geradezu unwirklich. Mir kommt es so vor, als habe er einen Haufen Ungeheuerlichkeit in mich hineingepackt. Oder diente alles nur dazu, mich für seine Fluchtpläne zu gewinnen? Daran werde ich noch zu knabbern haben. Er hingegen wird seine Begegnung mit Simone aufschieben müssen, denn gegen viertel nach elf landet sie per Hubschrauber an Deck. Als das Signal zum Mittagessen ertönt, nähert sich vom Horizont her langsam und lautlos eine Art Geschoss. Es ist zylindrisch wie eine Dose und kreist schließlich so niedrig über dem Schiff, dass ich Henrys Firmenemblem erkennen kann. Als das Gebilde über dem Schiff verharrt, winkt es mir mit zwei dürren Armen freundlich zu und, Teufel noch eins, ich winke zurück.

Die Farbe des Kraken

Novelle, 104 Seiten
Preis: 8,90 €

Kurt wird ermordet und findet sich in einer fremden, aber seltsam vertrauten Welt wieder. Soll er sich damit abfinden oder versuchen, ihr zu entkommen?

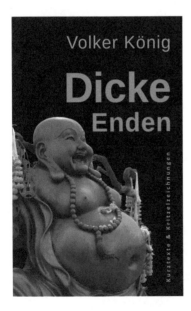

Dicke Enden

Kurztexte, 156 Seiten
Preis: 9,90 €

Inhaltlich und stilistisch sehr unterschiedliche Kurztexte, denen man gelassen entgegenblicken sollte!

In Zukunft Chillingham

Roman, 204 Seiten
Preis: 10,90 €

Die Überlebenden einer globalen Katastrophe versuchen, Licht in ihre Herkunft zu bringen, doch genau das hätten sie besser gelassen ...

VARN

Erzählung, 108 Seiten
Preis: 8,90 €

Der Avatar Varn betritt eine virtuelle Welt. Sein menschlicher Schöpfer verliebt sich dort. Eine Tragödie bahnt sich an.

ISBN 978-3-7584-2299-7

www.epubli.com